二流人生

文字慾

這本書是我最面對自己的書寫，很誠實的面對過去，甚至揭露自己最不敢觸碰的自己。

雖然我不是什麼名人，但總覺得如果能坦承的去面對過去，雖然痛苦，雖然好痛，也可能會再陷入悲傷，但一定能再往前進。真的去擁抱自己，陪伴自己，不是去找很多理由，而是去全面性的瞭解當時的狀況，填補空缺。

也許在受傷的當下，我們不是不能面對傷痛，不能面對的，往往是自己。

離開衝擊，離開當下。我們慢慢的重新開始，直到為了想守護更好的人，我們鼓起勇氣重回現場，去成為更好的人。

自序

「成為普通人有多難，我只想成為快樂的人。」

取名，是一件很玄的事情。但說玄似乎又太過迷信，應該說有趣吧。我不愛的事情有很多，其中，對於母親認為面對某些無能為力的事情，都該概括簡稱為「命」，感到惶恐，也許是認為，如果連面對一些小事的心態，自己都無法決定，會讓許多人感到不安吧。包括我。

情緒與感受之間，就是這麼微妙，自己無法面對自己的，在資訊不對等的旁人眼中，便如同進入另外一個次元。讓人深陷囹圄。

扯遠了。

我的本名是父母請人算的，但跟村裡其他同一屆的男生不同，唯獨我名內無「杰」這個字，取而代之的是，筆畫較多的「斌」，當時學寫字時，我一邊克服左撇子的先天書寫特性，換過來右手，一邊含淚面對練習寫姓名。

算命師說，我在夏天的高溫出世，名裡不能有火。

再三權衡下，卻未在名裡注水，而是取了其他名字。

說也奇怪，從小，因身體不好，家人四處奔波求醫，神佛都問，最後歸落在民間信仰，作為關聖帝君的養子。然而，關聖帝君在信仰形象中，總是一手執筆一手拿關刀，也意外的和我的名相吻。成年後，和母親提過此事，母親也感驚奇。

一切都是意外。實然，我曾十分厭惡這個名字。

長大的過程中，總認為自身歷史短暫，輕翻幾頁便能全數閱完，但世界之大，人際之窄，村裡有「杰」的孩子，都在眾人的祝賀之下，以所謂正規的方式，進入了看似人生勝利組的預備道路。

而作為先天殘缺的自己，卻始終感到舉步維艱。

我從未想成為更好的自己，在當時，我只想成為更好的他人。

但我倔強地從不肯示弱，彷彿在這個世界裡，只要先築起比他人高的牆，牆內的世界便難以窺視。畢竟，殘破難以直視。

「反正，與這個名字無關，我本來就是難以存活的個體。」我卻總在某些被比較，或無形感到被比較的時候，責怪這個名字。或許，靈魂有分等級，我大概算是一生在追求成為普通人，卻強制傲嬌忸怩的靈魂。

成年之後，初入社會奔波，當了記者，偶然中聽到有命理專業背景的受訪者說，姓是前生，名字代表今生，分別為特與質，姓名代表命運。因此才會有先天缺什麼，名字補什麼之說，與國外或電影情節常看到，取名是盼下一代一輩子記住自己的美好，或是紀念某人的初衷，彼此不同。

那我的呢。

算命師說，「能文能武、文武雙全，這孩子可能會一生忙碌。」

對我來說，我的姓名像是一個巨大的隱喻。

你對於它的態度某部分決定了你是否喜歡自己。

我的名字裡面沒有任何的缺乏，有著不知從何而來的特質，面對燥如荒原的生命，我的靈魂不分悲喜好惡，總是垂直的點燃，燃燒著我的缺乏我的不安我的凝視及我的俯瞰。某種程度，我反面的決定了我的命運，也許它離順從的選擇，道路相悖，我們卻回到同一個終點，同一開始。

村裡的其他男孩，紛紛以英俊的姿態進入還算令人稱羨的工作。

其中一名有「杰」的男孩，課業極好，運動也是，高中便上了當地第一志願，高傲良善的他，在考大學時，進入了非一流大學不唸的循環裡，直到出社會的某日，我聽聞他在某國際機場擔任航警的工作，領取高薪。

我從未感受到他想擔任警職的想法。

沒想到啊。這份驚訝面向眾多，我想最大的是，對於生命總有出乎意料之事的詠嘆吧。我們的選擇要將我們帶往何方呢。

「弱者並沒有對，但弱者的存在不是錯。」

因為我們是人，因為做過弱者，無論肉體上或心靈上的，因此我知道弱者的相依，也懂為了弱者，犧牲自己的強者。連自己都救不了的強者，還能稱自己強者嗎？

錯了，真正的強者都是先面對了自己而來的。

關於名字。

允文允武跟文武雙全是不一樣的，是跟「我活在你裡面」及「我們一起走」的感覺類似，當人們有了選擇，或成為他人的選擇，「更優秀」並不是成為通往未來的唯一途徑。而是「一起活下去」的意願，這股一同的力量會成為一種「好」，會成為對於明日期待自己成為「更好的人」的那種。

我意外的用文字活下來了，無論身，無論心，都讓我安放在這瞬移的世界，變動的世界。我的命格裡仍然缺水。儘管這是事實。

但我能活得像水。

並不是我對命認輸，而是我想，柔軟地一直活下去。

為了和你們一起。

目錄

第一卷

慾望的孩子

你認為生活要多端莊。

那只不過是對於溫和生活疲倦、

晝夜反覆、最單純的盼望。

勇者

為了追尋太陽
曾奮不顧身追逐黑暗
為了理解愛
不顧一切地尾隨傷害

勇者直到現代
仍不擅長妥協

你知道

勇者從不計較，永遠
能否真的是永遠

勇者擅長冷眼
除了乾淨
比較果斷，及乾脆

已經被折磨過的情感
何必在肉體上為難

畢竟
勇者最不擅長的
是猜

勇者

你裸露在外面的，是一段不被理解的記號，是段失落的訊號。
這世界不需要你，沒有能讓你依附的存在。

所以你必須活下去，即便憎恨著，或被全世界放棄。
不能成為漸淡的旋律，不能成為晚歸，最後無家可歸的孩子。

你逃避了許多事情，但你逃避不了自己。
每個人都是一道謎語，一旦降落到這世界，就必須用一生去解開自己，
時間在此不是良藥，或是解藥，而是一種過程，一種循序漸進的痛苦，
無法有效兌換，給予、退回的事實。

「這孩子的誕生像個玩笑。」

難產，不哭，死而復生，保溫箱的那幾日，幾乎被斷定這場災難性的缺氧。是一場無法回歸，不能修復的缺損。

無異於情感，理解這世界的組成，排列組合。無法讀懂。像是這世界序列中的，質數，被質疑的異數，被過度保護的草蕨。

「你只能用這一生彌補。」像贖罪，或是，安然無恙的對抗，被事實對待的殘酷。

你永遠無法脫身，也無法永遠快樂。

脫離了森林，生命迎來許多場大雨。

無論是否撐有傘、奔走尋找避雨之處，或放棄，一身滂沱，首先，先活下來。

成功活下來的，才是勇者。
不允許放棄感受，放任情緒主宰，情感荒蕪膠著的人，才算勇者。

情感追隨者

它能測謊
不具期待的任何
看似玩笑
只存活在冬天的事實

「把你賣掉。」
「沒有人會愛你。」

像不具名的悲傷

它吸引更多類似
會讓你更痛，或是
更雀躍的傷害

「你的未來只有憂傷。」
「我會保護你。」

我知道
它能給你的
全部，明日它都可以
全部消失

拿走

我願意拿我所有
像是疼痛，或入眠前
不願意被看見的眼淚

來交換

你知道的
人們熱愛追隨他們沒有的東西
崇拜他們缺乏的事情
像我一樣

崇拜情感不理解愛

情感追隨者

人生就是一場無法閃躲，被拋棄，又不斷跟上的旅程。

最恐懼的往往成真，虛構的一切如此龐大，令自己無法面對，有時人們只能先哭泣，才能再追尋傷痛背後的原因。

「我們都在調整落差，找尋某種基準，情感與身體間、情感與情感間、身體與情感間的聯繫，有時一找便是一生。」

在不斷比較差異，支解自我包紮創傷處理的過程中，我們懂得成長。懂得照料自己，懂得花開不一定需要日照，勇敢不一定源自於溫柔。懂得藉由內疚逃避問題，懂得混雜人生困境，演變為某種妥協來體恤自己。

小時候因難產身體不好，家中狀況並非穩健，穩定偏下的成長過程，能鞏固很多認知，依附關係的混亂錯置，控制慾強的母親奠基我的生命。所有生命都在學習，某些真理、演算能力，包含世界的規則，累加成的文明。但大部分時間，我都在釐清已知的錯誤，不甘的誤解，自以為是的決定，與社會相悖的意外。

責任歸屬於誰。
有時候想起，我仍會不禁痛恨我的不滿足。

當時我僅有的世界，是我的母親。
她優秀、倔強、直接，聽不懂太多政治性語言，卻歷經了很多人情世故，社會的殘忍未將她風化，她被迫背負許多，無人能料想的選擇。
我理解世界的起點，卻是先從擁抱她的生命開始。
怎麼被遺留在深處的，過了廿好幾的我，就需怎麼回到過去，將自己挖出來。

「能活著已經很好了。」

其實我是害怕的。

以前我對於每一次「你不乖就把你賣掉」的玩笑話，都感到害怕；對於每一次「未來沒有人會幫你」的叮嚀，感到軟弱。對於每一次的學雜費繳費單，都感到恐懼；對於英語補習班老師，一分鐘內沒背完廿六個英文字母，少一個打一下感到絕望。

我看著任何一齣社會寫實電視劇，我都會把裡面被迫殺人，或是協助愛人藏屍的女人，想像成母親。

在記憶中，我有間從未亮過的漆黑小房間，那裡什麼也沒有。

很多時候那裡甚至，沒有自己。

啟蒙

你無法參與些什麼
你無法參與太多
無法只說結束或暫停
無法只有開始
或是阻止

所有關於你的
他和他，跟它們
與自己有關的

所有事物
不能部分砍殺
掠奪、咆哮或嘶吼
不能只擁有憤怒
悲傷，劇烈哭泣等
這些純粹的事

只屬於孩子

我們必須在快樂裡
感受撕裂，在悲傷裡
得知愉悅

在黑暗裡等待光
然後，看著它毀滅
才能無法痊癒
才能適應
疼痛不是理所當然
偏執也是

啟蒙

有件事從未改變，就是我的性子很急。

但從來沒被說過，大多是說我溫吞、驕縱，或是太過忘形。

在幼時尚未能辨明因果關係之際，從外望內之間總有一些差異。

被說了，有什麼能夠否定的呢。當作啟蒙。

「就從別人口中的自己開始演變吧。不論改進或惡化。好嗎。」就此慢慢演變。始終無法被滿足的所需，只要一直不被滿足，就能成為一種變形的演化，扭曲的平衡。

小時候我很會認字、記路，甚至背地圖，符合四處看病，到處補習，游移不定的自己。我曾在幼稚園時，為了拿忘記帶的運動褲，溜出校園，

在街上漫走一公里遠，想找正在上班的母親，嚇壞了所有人。當時攜帶電話尚未問世，仍要投入一枚枚充滿歉意的銅色硬幣，才能連絡上母親，倔強地認錯，或是詢問她人在哪裡。也曾在國小時，長等過母親，然後決定步行去找母親，約有四公里的路程，讓不少人騎摩托車尋找。最後，被半路攔截斥返。

這樣莽撞的行為，簡直撞壞了情商。

如今想來，仍然覺得對周遭的人很不好意思。忘了當時母親有沒有責備，應該是很溫柔吧。我實在是備受疼愛。但其實，只要一想到母親工作，又必須趕著接送我，我便一刻也等不下去。這樣的痛苦，我一刻也忍受不了。

我見過太多眼淚了。

我死過太多次，我是悲劇，一場來不及挽回，就被包裝起來的悲劇。

唯一能存活的方法，就是擁有更多，好讓自己能在不被看到的地方，陌生的哭泣。

我在路上哭。

我在忘記帶東西的時候大哭。

我在一擁有的時候，就習慣在心裡先行丟棄的時候大哭。

「你不應該被生下來。」

「你是麻煩。」

我好想成為別人一形容，就能成為什麼的那種人，想成為那種什麼都不會想的人，成為那種能任其逃避的假象。

母親常說我軟弱。的確是。

我想快樂，我想成為那種快樂的人，不是一流也可以的那種。

編織訓練

我擅長的事並非妥協
而是揉壓
不帶感情地
成為被任由途經的
任何藉口
像一壺酒，被斟
澆淋以及灌溉

像一把火炬為殆盡而燃
為了一道眼光治療雙眼
學會睜開

所有的起點
都是終點的反面
過程的側臉

為了獲得
所有情感交織而成的感情
學習噤聲
我是困窘的失予者

情緒的啞巴

「我願被風與岩責怪，
成為被火吻過的小孩。」

我追尋傷
以溫度溼度來觀測流淚
用季節溫習痛楚
晝是奮力一搏的勉強
夜是愧疚

我不懂末日

不懂明日的死亡
不懂成熟的濫觴
不懂初衷的市儈
世故的眼淚

直到痛楚
被自由折磨得更加愉快
直到足以揉出更多的眼淚
供未來使用

編織訓練

「因為難產，我是個一出生就衰老的小孩。」

我懂母親為什麼說我軟弱。

我從未真正起身對抗些什麼。無論是踹我的幼稚園老師，用石子砸傷腦袋，痛毆我的同學，我的倔強，我對這世界一意孤行的善意，大部分只不過是我任性地觀看，要求世界順從我的劇本排演。

寬恕與鄙視他人，溫柔與倔強不過是，一線之隔。

能夠毀了我自己的，只有我自己，強行慾望些，便以為能獲得更多的世界。

而這些一步步逼近自己的威脅，我全部漠視。我離死亡這麼近，好似我從來沒有與它拉開距離。

這讓我不了解，人們互傷的嚴重程度。某些時候，我甚至覺得，人們從未真正地想解決某些問題，他們在意自己的感受，失去的感覺與實際欠缺不成正比。

像是環保、公共利益，像自由地戀愛，結婚。像是痛失摯愛，與失落，或名聲之間的糾纏，某些無奈遷移，圈養了下一代，我多渴望某些悲傷原諒釋懷，孩子們能被溫柔豢養。

「我想被記住，害怕遺忘，我無懼的悲傷，活得逞強。」想被記住的人，忘不了生與死，就記住不了自己所擁有的一切。與最初的渴望相悖。

在生與死的迴圈裡，人們不怕斷的扭緊強栓，如蟬翼般的討論，輕蔑記憶的刻度，但在生命面前，諾言無法等待，妥協的決定卻從不告知。唯一能超越生死的悲傷，只有繼承。

不自覺的繼承，不自覺的再讓別人繼承。

我將恨，自身的缺乏，無論是生理上，或心理上，環境的陷落，自卑與證明自己的慾望編在一起，用來纏繞自己，每拉緊一些，就更束縛自己一點；無法導正這個世界，很多時候就只能將自己傾斜。

「群眾都在自我欺騙，人們負責編織謊言，我也不例外。」

「母親是愛我的嗎？」

「是責任、難產的愧疚、憐憫，或是其他情感的依附。」

我不懂。很多時候，我更渴望，死亡。

若非解脫是不合法的，誰又願意在這寂寞的循環裡，重複不斷。

我們家的廚房是那樣的小。
所以從小便很喜歡跟著母親去很寬廣的市場，買下所有能買下的新鮮食材，將廚房填滿，將冰箱填滿，將這個兵荒馬亂的時代填滿，不再感到飢餓來臨前的恐懼，或為如何獲得一餐的拮据掙扎。

母親和父親的遭遇和相遇一路傳奇，每聽他們或周遭眾人描述他們出生所在，就感覺他們彷彿擁有不同年代，從各自的異世界而來。比起婚姻，縱有許多不愉快，但目的明確的他們相親至結婚，直到我的出生，更接近於形婚。
「彼此為彼此的的獨身做一個終結。」比起伴侶，更像夥伴，相愛即相殺。

比起長相，我更確信身上流著他們的血。
我們都愛吃。是屬於吃的精銳小組。

母親的口袋市場，依照不同類別、等級及地緣，有著不一樣的排程，魚類、肉類及蔬果都有各自最佳供應市場，並照當餐目的作為層級，各有二到三個市場可作備選。這些是母親無意間排列出來的，儘管偶有意外，但仍不影響她的專業性。在有期待落差的市場裡，仍能追求萬中選一的可能性。

「用最辛苦的錢，買最好的東西。」

無論是獨自帶著我一人四處求職求醫是，或等待我放學下課時亦如是。

父親是工人，從小關於父親的記憶並不多，所謂吃點好的，大多是進到餐館吃，涵蓋品項從地方小吃、熱炒、火鍋店到日本料理店，都是物美價廉的在地饕客熟路店。還有另外一項，就是「煮泡麵」，是那種能快速解決一餐，同時也能解決心裡不安的那種。

先將水燒滾，再將肉片、蝦子等食材，麵體和蔬菜及各式調味料依序放入，煮沸，偶而也能再加點其他料，然後倒進碗裡，熱氣蒸騰後，上桌。儘管不懂得什麼叫做「料豐味美」的泡麵，但從母親描述的過程中，稱讚中含著一絲陰鬱的淚，可以略知一二。

食畢，父親就會回到他的房間，沒有任何對外窗戶的小室，陷入一片沉寂，躺入黑暗。

國中後，因父親工傷，我繼承了父親的小室。

除了去當一陣子的黑手，貼補家用外，也在母親的身旁，幫忙料理食物。母親是政府開放移工前的看護工，留在比較好的時代，協助做料理前的前置作業，也屬於母親工作的一環，母親與雇主L之間達成某項協議，「攜子上班」，算是雇主L對於母親的一點慈愛。

L是一名有著堅毅眼神的長輩，需被照顧的是他的妻子，在某次寒冬裡，因身體無法抵抗溫差，導致癱瘓，在先生長年照顧下，也到了雙雙都需有人照料的年紀，在兒女們討論下，決定找母親協助照顧。

實則，攜著年幼孤子入宅求職的女人家，與奮於照顧老伴數十年的長者，我們彼此互相陪伴。

母親每日料理約有二份，往往分成有調味的，以及沒調味的原味，L的妻子無法進行咀嚼，因此難以吞嚥，需打成泥狀餵食，數種食材進行割碎、攪拌，無論是味道、氣味或是外觀，都已難看出原樣。母親的作法除了盡量原味打碎外，有時也會在打碎後，斟酌調味。

偶爾L會希望妻子也能吃到某個味道，便冷不防地把某道料理、某塊蔬果或肉，扔進果汁機裡，有時量太大了，果汁機難以攪動，母親就會說，「等等，讓東西下去，好，再來。」

儘管味道已經很難分辨了。

但，好，打碎，再來。

紙終究無法與似淬火的心共生。

隨著父親與母親的爭吵加遽，彼此的距離更隨相處的時間，事件的脈流，越飄越遠，彼此的要求及付出，相互交疊索討比較。有時一剎之間，在那間無光的小室內，我會忘記自己身處在哪，這個看似強勁，卻氣若游絲的關係中，這個小單位的組成，已然無法承載更多的悲怒。我已經無法選邊站，在很多時候儘管渾然不覺，但在兩者之間，我早已是關係人了。一個無能為力的維持物件。

已經無法將自己視為一個個體。

我只是一個且廣且深的壺，但能裝載的不多，至多，我盡量不將自己摔破。

我和L的對話，長大後仍常被長輩笑談，L穩健面孔的背後，是一個不論歲數，都會早起梳抹的油頭，用兩旁殘有的髮絲，向中梳齊，還帶些髮油香，然後再與人見面、交談，或是坐在靠庭院落地窗前的躺椅上，翻閱今日報章，若有空，還有昨日的也會拿起來複習。

幼年與L初見面時，人們都誇L身體硬挺臉龐俊朗，當時還未有「凍齡」類似字眼，只能說歲月在L身上未留下太刻薄的痕跡，我卻直呼他「老人」，讓旁人聽傻眼，只記得當時L微微抿嘴，看似微笑的靨，便轉身走進房間。如今想來，自己不僅有點白目，也有點傷人。卻時常被長輩們憶起，L後來這麼說，「的確是不年輕了，人要對自己誠實，也要懂得承認。」

後來某次，L跟我說，有一天我也得自己出去闖蕩。

然後，得到許多東西，才能照顧家人，才是負責任的男人。L看了一眼太太，然後例常性的重提日治時代，到民國初年時代的艱困，及戰爭的混亂與無情。我家也算國事混亂吧。

負責任，要付多大的責任呢。對當時候的自己來說，是一個宛如天文，未知的範圍。

未來總是茫茫的。

但人總是貪心的，在每餐母親的豐盛與父親寒餐的溫暖間，從中得到了某些溫存，並當渴望獲得更多的滿足時，總是感覺到自身的貪婪，並一次次的在三人的關係中，再度破裂，打碎，重來。

「你什麼時候才能把自己顧好。」小時候，母親總在幫我洗澡的時候，疲乏地說。

我常不知道怎麼回應，只能在心中小聲地說，「我不知道。」

大學畢業後，一次母親的提醒，我們在二月份訂下了父親的慶生會，所

謂慶生會大多是到某間彼此都滿意，消費經驗不錯的餐廳聚餐，由於長輩大多只過農曆生日，再加上時常沒來由的「吃點好的」，找個理由就搪塞掉了，例如生日，於是我也趁隙記錄了一下母親父親的生日。

這間餐廳是南部知名的石頭火鍋店，先選料爆香，注入湯底，顧客再自行挑料，依序放入烹煮，常常煮成一大鍋，桌上也擺滿食材，令人看了滿心喜悅。母親在選料過程中，不斷地問，「這個好嗎，我不知道。」「那個不好，還是你覺得好？」我不禁感到疑惑或焦躁。

我說，這個跟這個，只能選一個。你覺得不好的，就不要選，不然吃起來會怪怪的。

挑完，食畢。在一陣閒聊中，鍋底上浮著一層肉類混濁的油脂，及各類蔬菜細碎漂浮的模樣，我怔怔望著，隨口問了父親，「這間跟以前來吃的時候一樣嗎。」他罕有回話沉默時，這次，他靜了許久。

他說，以前做工完，帶我們來吃的時候，人很多，吃完就走，雖然好吃，但這次也好吃。

上一次吃已經是十幾年前了，好久了。

接著又說，希望你能對未來深思熟慮。

母親則說，還有將自己照顧好。

什麼時候我們才能將期盼當作是一種祝福，而不是索討。

而有時候，我們會陷入只能選其一的困境裡，但在時間裡，我們擁有的，

往往是全部。

第二卷

青春殘留物

什麼時候我們才能

將期盼當作一種祝福，

而不是索討。

傲嬌

你不喜歡太陽和陰影
你喜歡陰天
你喜歡隨和大過於絕對
你認為
決定喜歡一個人一輩子
應該放在心上
你不喜歡輕易說出口
去或是留

你習慣徘徊
像變態或色狼那樣尾隨
誰生來注定平凡
誰成長對病沒有一絲依賴

你習慣在陰暗的地方
點起蠟燭
你喜歡失控的時候
守護全部
你會拚了命壓抑
對你來說
愛上一個人克制自己

獻出生命的所有
是為愛瘋狂的過程
你喜歡把門打開一點點
害怕誰擅自進來
又無聲地走開
更害怕誰都不走進來
只是看看

你不喜歡等待
你習慣等待
你常說

愛一個人
與你無關

傲嬌

我喜歡直接，我喜歡愛，喜歡任何一切不會使我後悔的決定，喜歡光，喜歡驅散黑暗，喜歡暖，喜歡在痛苦之前，歡愉某些，若我有任何能擁有黎明的可能性，我願成為黑夜。

於是，若無法耀眼，我隨時等待漆黑吞沒我的白天。

像祭品，要受到眷顧，就得先放棄自己的生命。我願消沒在他人的洪流，作不了自己的草原，就將自己囚禁在自我的荒漠內，放棄逃離。這樣不在乎的人，總是自以為擁有全世界。

幼時成長過程中，因家庭、身體因素，母親時常帶著我四處走訪師長、友人，私下請託多照料「先天不良」的犬子。

我是我自己的陰影。

是子宮裡一場狂妄的悲劇。

母親對於諸多過去的悲嘆，懷著一顆不夠堅強的心，堅韌地存活多久，我的意志便被迫波折多久。我的悲傷不允許在場，自尊應被自己的傲強殘忍殺害，且不能公開。

沒有人能理解我的傷。
沒有人能進入我的世界。
人們算什麼。
原來眷戀太陽，眷戀光，並不能成為光。
人們常試圖去追求他們沒有的東西，並不是因有著共同歸屬，很多時候，只是對於自身缺乏，寂寞的詠嘆。

我開始習慣不把事情說死。

習慣自我膨脹，把自己逼到無能為力的時候，讓自己成為泡沫的縮影。
在那模糊不清的地帶，像曖昧，像可以談判的空間，將所有無法坐落的星系全部毀過，毀過就能算擁有，也能確定自己不再有資格擁有。

人們喜愛不可說的默契。將所有錯莫非定律。
不要相信人的記憶，不要預測你錯誤的自己——
我們都是。

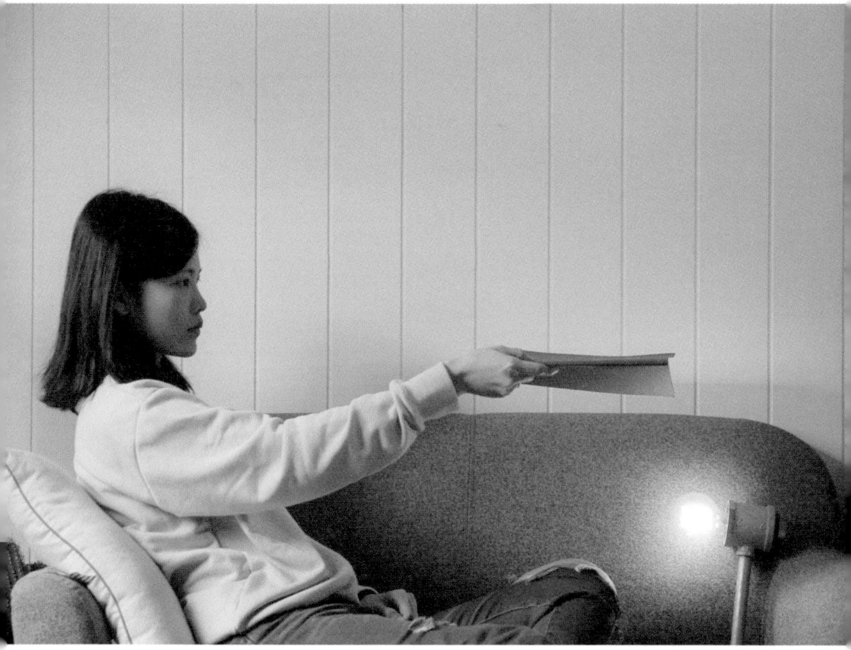

如何長繭

他與他的犄角們
每個人都領著一杯咖啡
坐到同一個角落
失眠整夜

每個都想被愛
我在你看不見的地方
不愛不眠

那些獨特的人
嚴重睡眠不足
快一拍
或是慢了一拍

就決定把自己吃掉
彷彿被拿掉
某段關鍵地指節，或是某段
荒唐地關節

你好得太慢了
忘記回過神來看看

那些你忘了的人
後來都成為你的病
你忘記人生是一場巨大地窺伺
像滅不了的煙
和燃不起的火光
對流不能

某些事情無法解釋
你忘了有些病是好不了的
以為久痛就會習慣
以為反複堆積就能成為平坦

讓某人降落
或讓自己穩定地墜落

我們是群貪酒的神
我們熱愛追逐
裝作悲傷真的能
無所不能

如何長繭

「你老化的週期是個倍數。」醫生說。

「受到缺氧受損的影響，他視力以及平衡感不好，要多注意；建議多從事水上方面的活動，刺激各方面發育。」醫生轉過頭又對母親說了一次。

於是，我開始熟練呼吸消毒水的氣息，習慣浮板摩擦皮膚的聲音。

在水裡我能封閉自己，逃離那個不允許自己存在的世界，我可以倔強的游，游到累了就自己放逐在，空無一人的宇宙。

我能理解沙漠。

那裡有蒸騰的淚水，潛深一點，活著就可以不用方向感。

關於平衡，我擁有的也早是一個，失重的生活。

反正，我不是在水裡缺氧，就是空氣裡窒息，沒人等待的岸上，每次上岸不都是為了下次的墜海。「為了你的殘缺贖罪，治療你的錯誤。」這股念頭，時不時的竄湧出來，即使我進到國高中的游泳隊依然。這一切是為了什麼。即使我得了獎，這股短暫的自我肯定，也只是漫長悲傷的自我安慰。

我開始對這股消毒水味，感到安心的存在。多吸幾口，消你的業障。

於是，我開始習慣被恨意驅使，被痛苦征服，很多的拒絕只是一連串放棄的結果，最終與我的最初，及最終的想像相互聯繫。「假設我從來不存在就好了，但我存在了，為什麼呢。」

我開始習慣忌妒，習慣強勢不聽；習慣放棄，習慣連自憐都放棄；習慣

對他人的優勢撇頭不看，習慣漠視自己的劣勢。終究驅逐，終究追逐，終究回不去了那個，最美好的期待。

「你的視力越來越弱，如果在成年前停不下來，那很危險。」
「他會越老越快。」

不難理解，有些時候成長往往只需一夜，愛過了一個夏季就衰老。愛過了，做過了，幾次之後，某些傷剝落之後，無法再靠豐沃的淚澆灌後，就成了疤，無法抑制的，只能任息肉增生，克制不了灰色滋長，便成為繭。

很多寬容，只不過是來自於內疚。更多時候，寬容不過是害怕寂寞。

這顆繭是假的；那顆繭是實的，再怎麼樣也無法刨除。

是青春期某次身體的墮落，是某次貪玩後的破洞，是不可控的明日，無法移除的疼痛。

某些尚未被滿足的破洞，渴望被填滿，它輕搔、輕撩，它慾望著他不能慾望的，渴望被束縛它未曾被解放的。某些殘缺破在裡面，連同自己都禁忌著觸碰、提及，唯恐一旦觸碰，就勃然大怒，有時候連自己，用惡火焚燒著自己都不知道。

就怕蔓延，延燒到別人，這是不能做的。

為了抵抗心中的仇恨不誤傷別人，或是反噬自己，我已經用盡了全力。

「不夠，還不夠，傷心還沒消失；想要，還想要更多，滿足我渴望被愛的貪婪。」

這種自卑的殘缺。

忽視吧，像這個世界一樣，像師長一樣，像家人一樣。

忽視就沒事了，像是將我需要，全都假裝不需要就好。

而某些事情，習慣就好，像是與他人的差距，像是比他人差一點的成績，比別人窮一點的家庭，比別人差一點所有，天生的殘缺，用別人善好的基因，比較著自己拙劣的原身，承襲著家人自我劣化的比較，沉默不語的辯駁，久了。

有時候，連自己也不自覺的順從命運。一種必然的自我逃避，荒唐的歸因。

我知道，很多錯誤的開始。就連這種比較，一同習慣就好。

初夜

第四十一遍的初吻
我對於我愛的人所知
仍一無所獲，如同
肉體被撕去名姓
貼上標籤

習慣將依賴
被詮釋成一種說法
習慣擁抱自己前

傷害自己
習慣開始
被訓練服從他人的器官
也開始習慣著
自己從情緒進食

你知道的
靈魂是會胖的
被慾望塞飽

人們被途經了多少
而我們

又需要被多少途經
當悲傷莫名被添加快感
被撕去的情感
任何一頁
都是極其衝動地溫柔
當冬日的我們終於開始相愛
才發現理解愛
要先從定義恨開始
許多未曾兌現過的允諾
其實，也未曾食言

初夜

關於初夜，誰屬於你的初夜。

你成為誰的初夜，或一具肉體為誰打開了，誰的耳際，成為一個新階段的開端。

又或是，一個靈魂透過什麼形式，與另一個靈魂締結羈絆。

「事情原來沒那麼複雜的。」

在數不清的黑夜，你渴望觸碰黑暗後的那雙手，但只能聽見某些耳語小聲說，「這不該是你的最愛」，認為再複雜一點，再多複雜一點，彷彿就能纏得更緊些，再綳緊一點，像弓箭，像琴弦，你狂愛某些清晰透明的意象，複雜些代表濃烈，代表愛。

之於幻想，對於身體缺損的陰霾，更體現於依附關係，近乎貪婪的渴望。「我要更多，不夠，無論更危險的種種。」缺愛的人是叫不醒的，周遭的眼光無論近乎愛意，或是出自憐憫的關懷，都是黑化的陰影，濃稠的自恨。你不知道原因，而未來比起想像，更遠。

沒有人想要沒有愛的未來。

但你不明白。

任何歷經時間的萃取，都是以一件單純的本質進行驗證，像咖啡，像酒，某些已經傾倒出來的液體，無法再裝載回去，重複驗證。這是自私的，也是投機的。

你可能會成為你最不想成為的那種人。

你將必須為此付出代價。

每一段關係都是屬於缺損與焊接的過程，我曾渴望兩副完整的靈魂，因渴望完整的結合，而渴求連接成完整的未來。

然而，當你擁有而試圖擁有更多的時候，那是罪惡的，那是過執的。

容易感到勉強。

於是，我們都熱愛創造供需，複雜的感情交易。

熱愛偏執的愛，缺損過後，一再認清誰也不能替代。

「除了這個人以外，我誰也不要。」

「除了這個人以外，我將不會再被其他人需要。」

對於愛，對於赤裸，真實總是將我的想像打破。愛容易長繭，關係容易磨碎，靈魂容易臃腫，血管卻是這麼脆弱。

你是脆弱的，本來就誰也沒必要堅強。

高中時期，由於思念，H突然出現在門口的那一夜。
肉體過於欠缺，彼此都做不了大人，K和我一廂情願的誆騙，投奔一夜。
我與J之間慣性詐欺的每一夜。合理與不合理之間，一夜如煙。

誰的初夜，與每一個慣性的夜之間，究竟造成了誰的改變。
誰都想要當好人。最終，只能成為那名不夠強大，卻也不夠實際的人。

每一次做愛，都期盼自己能成為好的存在。
但究竟是肉體改變身，抑是不願面對殘缺的靈魂，繾綣了肉身。
人們渴望單純，喜愛單純，是為了保護單純，抑是喜愛摧毀單純。
裸視做愛的過程，人們更愛中庸，不喜摧毀的愧疚，不喜過老的軀體。
但在給予及接收的過程中，人們卻更傾向於後者。

人們是被動的，靈魂是被動的，我的身體也是。

每一次做愛，你隨波逐流，用你慾望的方式接受，然後渴望成為更好的存在。

像是一個成為不了人的生物，盼望以人的感受，走進神的途徑，只想看見稀薄而美好的風景。

愛不該是一場賭注。

你決定奉上自己的那個夜，你以為你是特殊的，有時不過只是一場儀式，一場像是每年都舉辦，百無聊賴的慶典，人們早已忘了細節如何進行，也早已忘記從屬哪位神明，為何依附，為何結合。

為何相遇，你會知道嗎？那些好不容易才發生的奇蹟，不易被驗證演算的關係，甚至改變一個人的命運，挑動著他每一個觀看事情的神經。

「你以為你用不同的方式愛自己，你只是沒責任感而已。」

關於奇蹟，要如何驗證。

寂寞的愛，往往是在黑夜裡獨綻的花卉，那樣的小世界，我是不懂的。

在深夜的街道裡苦追，不被愛的種種，肉體的稀釋，如果能將拙劣的自己，一同釋放就好了。

毀壞的都算不良，擁有的都是受傷，如果我能忍得了創痛，忍得了不夠好的自身，能被別人愛著，以各式各樣，不同的途徑，是否我能成為更好的自身。

當時的我常常這麼想。

孤獨是難以習慣的。如何讓創痛用什麼方法陪伴你，來自於你怎麼看自己，以及怎麼看待變化的肉身，怎麼看待將自己視為的創痛。抗拒也是，潮汐之間的相擁，望著無雲的月，盤算著這週期性的錯誤。

關於初夜，還要持續多久。

殘留物

我懷念
那個懂得放棄的自己
懷念那些蟬聲
與青春分開的夏季

懂得潛入很深的水域
懂得在被傷透前
創造另一個看似自由
的選擇逃脫

像是夜
情感，與回家的鑰匙無關
懂得倉皇地逃離現場

假裝溫存與肉體無關
假裝自己不懂
尚未與很多事情告別

像夏天還未改變
像是從來沒有說過逾期的謊言

假裝無雨就是白天

而黑夜不能辜負黑夜
假裝不輸就是贏
假裝喜歡就代表能
不被討厭

好像一直假裝
就能不用和身體告別
因為我
不便留下眼淚

殘留物

有滿滿的罪惡感，找不到出口，只能荒蕪地像極了月光。它撒在地上，不知道該由誰擁有，它混亂一片，像完事後的床鋪。潔白的該是腦海，還是這過程之間的未必。

所有我愛的，都充滿禁忌。

「很多時候你是碎的。」

「透過這種方式，你渴望完整，但要清楚，下一秒你仍然破碎。」你追求的，愉虐是你的目的，還是你的過程。

我只知道，我渴望被誰擁有，所有的多餘都有了歸處。即便與世界為敵，即便充滿罪惡感，這一種叛逆的慾望，才是灌溉著我長大的食糧。我們都在被肯定、被否定當中，自我挑選片面存活，眾多殘留的碎片裡，組織完整。

與那些犄角們共處，它們都是我感到殘破的歸因及鱗片，黏貼在我身上，成為某種盔甲，無法褪去的瘡疤，哭不出聲的柔軟嘻笑。我們都是世界的殘留，贈送的美麗倦容。

世界不是我自以為那樣的組成。

有些難以為情鼓起勇氣後的挫傷，更讓人難以釐清，曾戀上O的眉尾，K的髮梢，H的氣息，及許多許多某某某局部身體，我能懂自己不夠好的在哪裡，我是自己最糟的殘留，我渴望陽光灑落。然而，不被眷戀的種種，無法結合的破洞。

「是形狀不同，還是材質不合。」

我們都在破洞裡，尋找契合的契機。被遺留下來的，便成為自嘲的素材。

食下禁果的亞當。忘記自己曾是那樣不值被萬般寵愛。
忘記了這些事情，漆黑將更難以自白。

你平庸得不堪一擊。

很多艱難的時刻，你曾假想過這天到來的情境，但未曾真正體驗過，當錯誤積累盈滿，才能恍然大悟，一直以來虛假釋懷的原諒，只是自己沒有勇氣抵抗的表象，而不斷重複發生的痛苦，便是某些縱容的下場。

因此真正的溫柔，也許只有那些最心狠的人，才能體會。
而大部分的人只是將溫柔當成藉口，一種不想面對，無力抵抗的理由。
畢竟大家都能接受的謊言，就是最正當的推託。

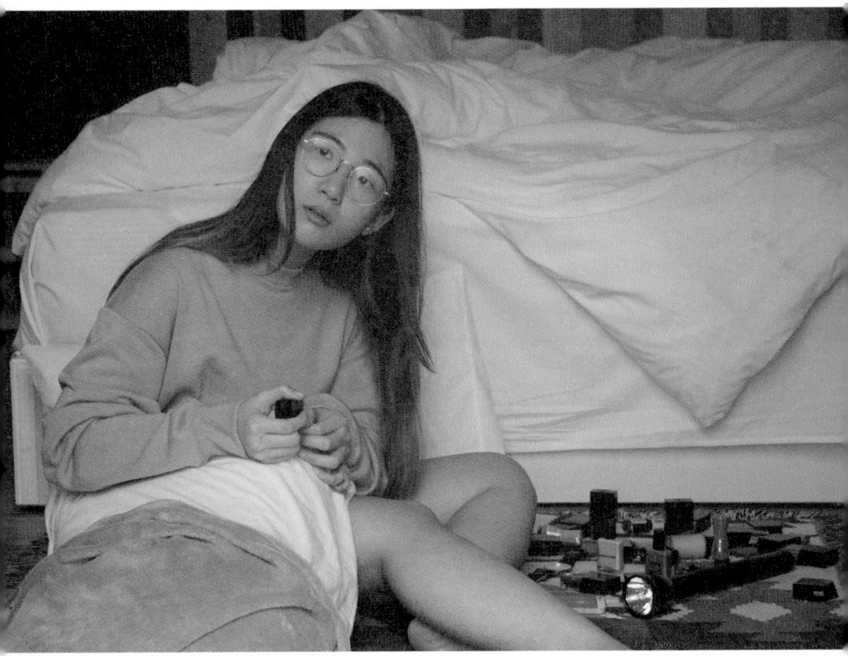

哭與不哭

我很會追逐
很會追著尾巴一直繞
讓心一直發燒
為了將世界變得簡單
而讓心複雜

知道選擇
是一種別無選擇
知道大人們的必然

往往只是一種
執著的偶然

有時候，我痛哭
痛得覺得自己好辛苦
甚至懷疑
是不是將森林與海洋
沙洲與荒漠
錯誤解讀

原來尊嚴與倔強
只是一種寂寞和殘酷間

溫柔的最初

我知道任性
只是一種等與不等的心態
不像說與不說
冷或不冷那般清楚

我不知道哭能悲傷什麼
或改變什麼

我只是壓著
可以壓到自己天荒

騙到自己終於能夠
這麼失敗

哭與不哭

跟J在一起五年，離開他二年來。

我仍照顧不了魚、花草，或任何一個我想好好照顧的人。

以及，自己。

「我知道一旦愛上了，我忍受不了告別。」於是，沒有開始就不用結束。

這是我和J一起踏入某間寵物店，買黃色虎斑貓、乳牛貓和有著大理石紋路貓兒們的飼料時，偶然脫口而出的話。

我拒絕飼養任何活體。

而這三隻貓陪伴他最長的有七年，最短的也有五年。

初認識J時，得知他有養貓，我心頭有些微的震驚，因為各種原因，住在鄉下農村的我，對於貓群們，不僅不喜愛，甚至有些厭惡。曾經，我還寫過一篇文章，描寫過家人及貓之間的政治性抵抗。

我們總是無意間類比了彼此。

彼此的攻訐、斡旋的想像，大部分也許都是來自於，自身對於生活的缺乏、瘠弱。

同時，也能倒映出某些自心靈富足中，掙脫而出的溫柔。

「種植物、養動物跟與人相處，是不同程度的相似，在交往前，可以從過程中窺伺一個人的特質。」「除非另一半是植物人，或是擁有犬貓系特質，這另當別論。」我跟某H閒聊中提到。

我對於自我的覺醒，來得太晚。

在我害怕失去某些生命，或是情感的斷裂前，就成為某種預言。

我能頑固地愛一個人。

害怕失去他，卻愛不了他的世界，給不了他撐下來，甚至重生的可能性。

很多事情都在預料之內，經歷卻比想像中難捱。

想起，我曾害死無數條生命，包含兩隻飛禽、難以估計的昆蟲、三個人，以及無數厭惡我的人心中的自己。小時候，我曾照料過失摔的幼鳥，痊癒後擔心牠不會飛，拋了幾次後，卻被自己摔死。

我曾因好玩，在夜市買了被染成黃色的幼雞，過程中牠逐漸褪色，對我如影隨形，我享受這樣的過程，於是放牠在院子裡行走，一瞬間牠消失無蹤，卻在倉庫的一隅發現兩隻鬼祟的貓，及一些尚未褪光毛色的翮與絨。

我嚇壞，我安靜，我仍照常吃了三餐。

家人問起，我照實回答，我沒事，我很好。

像是J後來默默送走的三隻貓。
過程平穩溫順，對於我不能理解的提問，J無語單純。

原來愛是從比較而來。
我不能懂愛能延展在不同的時空。

我決定不再愛上任何動物。
拒絕愛上，會有失去任何可能性的自己。

我是情感的植物，情緒的動物，不像人的腦袋。
大多時候，我都哭不出來，只有委屈除外。對於愛人，我以為只有愛上，
其他都要靜靜等待。除了J以外，H動得太快，K手鬆得太快，直到J
的離開，才發現，我能幫助別人，或短暫的扶助自己以——

我擁有不了，任何愛上自己的可能。
我無法負責任何人的人生。

你能騙得了別人，終有一天，世界會讓你無法騙過自己。
不讓你逞強、苟活，你是你自己的所有。
你還有一個慣性自欺自虐的自己。
起碼誠實。

置身於光害滿滿的城市當中，有時候直直地望向天空，看光附著塵埃，隨風旋起，在漆黑的夜空上，蒙上一層薄薄的光幕，看不穿天際，也看不穿自己。這種孤獨感，和老家那種晚上七、八點，整個村里就陷入一片死寂的寂寥感不一樣。

台南老家後面有條黑亮的水溝，國高中時期，每天必須早起騎著腳踏車沿途經過這條蜿蜒的水溝，再穿過便橋，夏季綠野冬日荒田，車程約十五到二十分鐘，直到市區與郊區邊界，等待校車匆匆駛來，將學生接走，接去漫漫的未來，未知的國度。

比起上學和返家，校車上的日子很快樂，可以和同學一起唱歌，聊彼此班上的趣事，耳聞今日誰被罰，而誰又不甘受罰地，和老師互槓起來。常常不小心聊得太猖狂，讓高中部的A學姊暴怒喝令制止，A學姊是這班車的車長，常常不苟言笑，在一站又一站的駛動中，不發一語。

我念的是私校，靠的是社會補助，青春稚嫩，國中時期的自己是一個非常差勁的人，容易受到他人評價的影響，也容易直接將對他人的評價，表現在行動上。時常心中感到一股怒火，卻又十分的迎合別人，對那些身上有自己所渴望優點的同儕，感到崇畏，卻又對於他們未曾歷經過自己曾經歷的一切，感到鄙視。

時至今日，我再次回頭梳理過去的自己，才赫然發現，原來那樣的火焰，如此藍如此飄渺，是類似像妒火的焰種。

這樣噬天的火種，我藏得很好。「我不信任任何人。」

對於自身的缺損，徬徨跟時不時害怕被拋棄的窘措，我藏得很好，我寧可凹陷自己的靈魂，或被解讀成過傲的偏門。

冬日深近，便道無燈，屋後的那條黑色水溝更顯嚴厲，油汙漂浮，混雜人們向下丟擲不可分解的垃圾，人們將這條溝稱作「垃圾溝」，於是多做了一些行為，讓這條溝更符合它的身分，因它的不曾反駁，每每駛過這條溝時，我更害怕它的報復。甚至，還夢見多次我摔入溝裡，無法攀上坡的慘狀。

水溝旁的便道沒有柵欄，是一個一推就會滑落兩、三層樓深的狀況，邊道旁的另一側則是雜草、灌木叢生的小荒林一片，無論哪側都時常飄來異味，無論哪側都適合用來棄屍。我常閉著氣倒數，過了這裡，就會好一點了，就會好一點了。

「拜託，麻煩您多照顧了。」幼時身體狀況不佳，醫生研判出生時的難產對自己的未來，有很大的致災性，伴著愧疚、關愛，一路就學期間母親登門登校造訪，讓我的就學時期，有著另類的關愛。

當時候整個教育體制給人的感覺，不努力好像是一個錯，可為什麼要努力呢，突然許多數字介入了學習之間，成為了同儕評價彼此的一種形式考量，我們彷彿以編號互稱，相互競爭，最後沒學會祝福，卻在無意中互戮。

我更害怕在另類關愛下的自己，是如何被人看待，這種不一樣的滋味，彷彿被看穿，更害怕被說「比別人差還比別人不努力」，這種類似於原罪的指責。

「閉嘴，吵死了。」返家校車上A學姊的狂嘯存於耳際，十分直接，將陷入深思的自己，從昏黃的車燈中拉回，後座一團國中部學生尖銳的笑聲嘎然而止，A學姊一頭短髮，配上高中部短裙，加上對於在車上愛吵愛鬧的孩子，一律殺無赦的剽悍作法，在各車長中也頗為出名。某次返家的最後幾站中，我們搭上了話。

A學姊家境儘管好些，但能念上私校，全是靠自己努力而來，A有個弟弟，撇除南部舊有男女分工的傳統觀念，她將弟弟當成了自己的責任，一頭短髮也不禁讓人有種強悍俐落的帥氣感，A常說，「短髮？短髮好整理啊！不好看嗎？」

她說，她可能會往公職去吧，家裡的人都這麼希望，可能這樣也好些。

她的眼裡閃著路燈飄過的光火，有點不確定，有點閃爍，卻顯得那麼勇敢。關於黑色的水溝，她想了想，這麼說，「不掉下去，就不會發生。」

「如果能，碰上任何一點可以依賴的可能，我也想奮不顧身。」

母親的形象漸漸過渡到比自己年長的人上。

在某次幫老師收完考試卷後，坐在老師辦公室，導師問起了被母親拜託的緣由，儘管難為情，也不自禁的向他吐露這些年來，情感像被情緒之風颳起，甩來甩去的徬徨，及自身缺乏的難堪，「我並非正常」，這是母親從小要我體認的事實。

彷彿，說出來就不那麼軟弱，若有似無的漸漸托出，就能像A一樣那麼勇敢。先說了，那些不知名的樂章，再慢慢跟上。起碼，被問起的時候，不能輸了。

「我真討厭我自己。」但起碼，我應該有學著依賴了吧。

這些一談數十分鐘的時差，回到班上被問起，我噤聲，或作為某些老師心情好壞的情報交換。「這些孩子基本上都比我幸福吧。」隱隱約約地，某些黑色的氣體從邊緣滲了出來，為了抵擋它，不被它所傷，只能反覆習慣。自己的內心則在鄙視和害怕被鄙視的互詰之間，維持著微妙的平衡。

有時候甚至不禁這麼想，如果要再增添些什麼狂妄，來掩飾來享受遮掩的模樣，那不妨屏著氣，讓自己更加不甘示弱，符合自己的模樣。一下，一下就過了。

和老師之間的小談，其中，若有似無的探問彼此的私事，成為某種黏著劑，並非同儕與自身之間，也並非自弱與正常的強大之間，而是某種專攻蟻類或其他昆蟲的蜜糖。抑制了不少狂躁的行動，卻也暫時造就一個乖順的自己。

隨著年級推演，校車路線更換，A學姊準備畢業，而我也準備大考，晚自習的時間變得更晚，並成為了國中部的車長。後來我進入了同所學校的高中部，高二時換了一個新老師，並試圖迅速的與同學們打成一片。某天，在一次偶然交談下，得知母親也曾致電給她，希望能多獲些關照，卻使她意外驚呼，說道，「原來你是那名愛裝可憐的孩子。」我不禁感到錯愕。她趁此機會上了一課，並希望我能自制，她十分看輕這種學生。也許是心理作祟吧。

儘管溝旁的便道走了多年，高二直到大考那幾年，那條路變得更黑更長。儘管因為有太多人誤摔進去的紀錄，沿路立起了約五十公分高的牆擋，但依舊無燈，我仍得提心吊膽的緩騎，這條路上，只得自揣著能走的路徑，自忖著自己的模樣。

幾年後，在工作的場合中，巧遇了A，我們換了張名片，約在周末一間小而溫馨的咖啡店，A的頭髮留長，大略過肩這樣半長不短的長度。寒暄幾句後，知道A考上了警職，她說，我不禁替她感到高興，她笑了笑說，「啊，沒有這麼容易啊。」她撥了撥頭髮。

她又說，「就算是公部門，也有每個局處難為的地方啊。」沒有太多的準則可以依靠，無法輕信習以為常的角色，過去很多的環環相扣，現在都已被某些瑣碎的環節，剁成了獨立的個體。所謂的自由本身，可信的並非一直可信，角色的詮釋世代更迭，唯一不變只有人心。

我們都站在情感的頂端，等待情緒隨時將我們打落。現實是一道海浪，冰冷的打在臉上，痛在心上。等待我們懂得如何乘風破浪，將自己視為某種雙面的刀刃，也許是一種成長，一種孤獨，一個只有自己才能往前的世界。

A說，在這個世界生存，我們都得強悍點。

是啊，我們都沒有什麼太多，辯解的機會。

第三卷

遊牧民族

我能頑固地愛一個人。

害怕失去他，卻愛不了他的世界，

給不了他撐下來，甚至重生的可能性。

上班人生

在某個遙遠國家
那裡的人們
最熱愛角色扮演
自顧自的
斟酌、駐足和
追蹤，以及
在意

（某些不在的場合）
（某些不在場的人）

最大量的
喜愛強迫自己
在乎自己

人們最喜歡的是
假裝扮演顏色，例如
深灰色

或淡一點的那種

灰白色
或是有點雜質的謊稱
些乳白色

把輾轉當成旋轉
斡旋則是種漩渦
大力吸口霾，不過是片
無解的霧

假裝理解
傷害是種必需的傷害
那是最熱烈的時刻

不必穿透
何須穿越，與自己
無關

直到以為是真的
重大恐懼的歸因不過是場
必然的電影結局

「若我們一起孤獨，便能不再感到寂
寞。」

上班人生

「我想哪裡一定出錯了。」在某天過後，我開始失眠，流不出淚來的眼，終於溼潤，這晚的雨一下，就是許久未停。磅礡的傷，滂沱的淚滴。我們都曾渴望誰來富足自己，渴望倚靠誰豐沛的羽翼，暖和自己，然而，某些音符已然錯誤，怎能譜出什麼規律，早就無足跡可循。

「我是不是自律神經失調？」

「不是，是你的統合能力失控了。」終於反噬的種種。

也是，我終於發現了。

每天我與一般人一樣出門，晚歸，行走在某些荒野，開墾著部分我所需的社會荒田，擁抱某些傷害我的誆騙，世界像騙子一樣，偷走我的時間。

而所有僅剩的時間，便用來壓抑及寬容。壓抑那些確實在傷害你的期待，寬容那些你給不了的缺口。震耳欲聾在每個夜，思考的盡頭，放棄、拾起、散落，種下、踐踏和被迫一次又一次的悔過。

這座森林正在歷經巨大的自律神經失調，感受與能定義的所有，在每個辯證過程中，成為相反的詞彙。像極了某天掠過那些曾侵略過你世界的煙囪，想像它是一場大火，燃盡你的生活，昇華你的魂魄。

你以為你能全部承受，以為能全部相擁。

你以為的以為，不過是將你的所有，倚靠一場不可信的大火。

沒有人在意你需要什麼，他們更在意的是，你給得了什麼。

它像極了敗德的社會主義，愛上偽善的右派，清楚所謂的進步，實質的墮落。你正在往前走，卻改變不了生活，你擁抱了什麼，像很多你所慾望的源頭許諾，時間卻怎麼樣也沒辦法，給你所有。

你不該用你無法給的交換。不應該想像得到痛苦，忍受等待，有天能夠換到一個不用負責任的成熟。

我抗拒不了，也緩滯了腳步。

但當自己說想要放棄，渴求得到一些鼓勵，變得不想再追尋原來的夢想，也變得不像自己時，就好像小孩子一樣在耍賴。

你哪裡也去不了。

遷徙與妥協

「你遇到很多名為冷漠的人，以至於後來
感到熟悉。」

走出充滿鹽分的荒漠
前往北方
景色不再荒涼
不像那些綠洲或海上
因著寄託形成的零星城市

「那裡人們盡情揮霍夢想，即便汗水都已
透支。」

初入北方高原
這裡的聚集
都是為了活著
才開始有
宛如信仰的規則生活

你遇到很多名為冷漠的人
以至於後來感到熟悉
他們甚至說
城裡的冷漠都來自於你

遇到冷漠第十天
最好的方式
並不是使他熱情
而是成為
一個冷漠的人

如此一來
彼此就不再孤單

就像某些事物美好
只需要一個夏天

就是永遠

例如，希望以及戀情

而某些悲傷
卻得度過幾年冬天

例如，告別，或不告而別

人們像是候鳥
只是穿梭的不是經緯
而是日子

那些對於情感真正敏感的人們
不住在永晝，就在永夜
每每舊疾復發
就往北方遷徙一些

過程中，比起改變
曾被視為軟弱的陪伴
只是希望讓日子

好過一點

遷徙與妥協

遷徙

人們心中都有一塊不能控制的地方，越不能控制越危險，越危險卻越著迷。

對於某些徵兆，一發現，人們便紛紛按圖索驥的前往，想探到最高的地方，想像自己從至高點向下俯瞰的模樣；而某些人則是避而遠之，但不斷逃避，越逃避便看得越仔細。

許多事情從無到有，便是從追尋及逃避而來。

為了追尋挖掘更多的契機，為了逃避渴望更強大的工具。不自覺得便陷入一種瘋狂，甚至近乎狂妄地自我凝視。

凝視最黑的地方，想像。
那是只屬於你的黑暗，而能迎來怎樣的白天。

無人能知，只有自己才會知道。
你在渴望什麼，你在逃什麼，怎麼樣才逃離自己無窮盡的慾望。

關於存在，被證明，被需要，時間已經被浪費的太多。
關於控制，你是需要這樣的途徑，還是想要你慾望著的所有風景。
如果是途徑。
你需要反省。

如果是風景。
那你一個需要學會的，便是控制自己。

給任何受過傷，無論在多遠的光年，心中仍正值盛夏的你。

與妥協

我總是最後一個感受到的那個。

在幸福裡，最後一個感到失望；在失望裡，也最後一個感到驚慌。

然後，在漫長的等待裡，最後一個感到失措。

畢竟，太多剛好的事，讓人反應不過來。

剛好遇見，剛好愛上，剛好再遇見，接著不愛；而告別時的溫柔，總讓人難以忍受。

回歸正常的生活，卻又被努力遺忘的日常掩蓋。太多時候，我剛好走進，他剛好離開，想給一個溫柔問候，卻被無力淹沒，人們想努力避免失落，卻總往洶湧的地方走。

來到熟悉的場景，卻被陌生暈開。

音樂突然響起，看著許下承諾的地方，只是沒有兌現，沒有你，是今天最寂寞的時候；徬徨總是使人惆悵，先說離開的是否有比較內疚。

而內疚的人，又是否比較有權力回憶，追往曾經的傷害，追回……。

在逆光的夕陽裡，挽著你的並不是我。

最後，又是最後一個放棄等待。

「對不起，我沒有離開。」我明白。

原地徘徊，是因為快步離開之後，我們不知道能否，避免俯衝下一段失

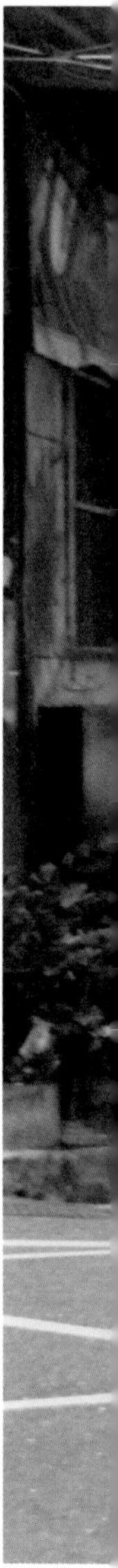

落。如果是，我願意緩緩地赤裸，等待在人海。
避免反複在夜裡蒼白地醒來。

我寫著。
若我是最後一個書寫的人，盼你是第一個唸著的人。

願未來，我們都以書寫為榮。
畢竟，記住原本的記憶和痛，並沒有錯。

願後來，你第一個愛上。
最後一個離開。

野火

日子昏晨
一半醒目一半悲傷
像是荒野般空曠
也像是失序地宇宙
那般荒涼

我曾擁有你
繼承你的火燙傷冰涼的夜
以你醒目的眼觀看

這個世界
分辨顏色以看清
海洋的深淺，坡上
柔軟的野草凌亂的風
大樓夾縫中的淚
窺伺城市聚集的星子
粉色的夕陽

或看輕
許久未見的自己

我曾炙熱地

焚燒過去任憑黑色
滲透自己

我曾將自己豢養
點起火光
溫柔地漫長
以為寂寞
能用來治療悲傷

規律地後悔
週期性的傷

為了愛你
我願意用力死去

我能成為一名
盤踞高處的冷血殺手
以生命當作賭局
年歲下注

或任憑敏銳的心失去
來保護自己

親愛的你知道

那些無法成為自己的人
至少能成為
像詩的人

像過去的我
像久久未癒的疾病
像這把大火

你不應是黃昏
而是被火光照亮的黑夜
永遠的白晝

野火

你認為生活要多端莊。

那只不過是對於溫和生活，疲倦晝夜反複，最單純的盼望。

夏季陰涼處，秋天午後，幾年的光景，和一個人挽著手，談些一起睜著眼，都可以做的夢，好好住進誰的心，在那裡赤裸卻乾燥，不用帶著淚黏膩地擁抱。處處愧疚，處處不帶恨地拌嘴。

D說，獨特的人都有一顆被愛的心。

「被愛？是悲哀吧。」沒那麼嚴重吧。

跟W在一起幾年，好多地方都曾焚燒得一無所有，如今卻愛得不著痕跡，懂得愛與寂寞時常更替，自負、辯駁不過是許多政治性用語。我們共同

卡幣故障請撥
0932896341
腳踏墊
鋼圈內衣
玩具、布偶
鞋子、髮夾

駛過眾多巒起的邊際，像駕駛某種雲霧，卻令人心安。

有時我感到生活不過就是一場冒險，儘管渴望穩重，你卻知道如果你願意相信，久了，信仰就在那裡，你渴望一切都會好轉，你行動，看它一點一點成真，像野火，提供某些旅人天冷取暖，同時，也會是我們睡前的餘溫。

「J曾經是我逃脫悲傷牢籠的狼煙，一把野火。」

如今，他和他們一樣，都成為海的邊際，悲傷的廣漠。

最好的未必能留在身邊。

有時，我常和W一起下鄉，親吻稻田，聞取清晨的霧，雨後的泥土香氣，去尋找很多令人安心的元素放在彼此身上，每個日出日落，相伴，希冀能療化彼此的傷。讓彼此對於養分與傷感之間的關係思索，成為一種思辨。

習慣一旦擁有彼此，就會開始思考。
成為一種旅伴，能一同走過許多荒涼，成為生活中說話的對象。

一夜的距離

陰影傾斜
我們總在偏執的最後
放置在彼此軀殼
做為賭注

你不了解
你對於另一個生命的重要

你將自己縮短

在任何流動返回的瞬間
倒影自己的側臉
你想愛他如同愛己
成為一道最完美
狹隘的偵錯題

你將所有放在自己的陰影
試圖收拾藏匿
我們已無太多區塊得以掩埋
沒有時間
最深沉的悲傷無法代謝

人們盡情的黑暗
是最浸潤的夜晚
無法反對自己的人呀
對於溫熱的冬季
始終渴望

你明白
所有愛上你的黑暗的人
不一定是陪伴
而是食糧

一夜的距離

又是惱人的時間差。

在某些週一上午，或是週三下午，它偶而出現；在某些酒喝過多的隔天，或是當下緬懷過頭，至前一二年，乃至回到剛開始，因恨了誰，而重新檢視愛本質的那一年。

許多詞彙的定義，早和身邊的人，或是世界的共識大有不同。一開始，是那些有基本辭意的名詞，或是動詞，成為某種艱深，導致思考疼痛，理解不能的代名詞。而某些代名詞，或是事件本身，反而成為一種情緒最直接的反應。

像是某間久未亮起，有著與不同人共同梳洗記憶的浴室，突然在某個場合被提及，或是臉書的歷史回顧提醒下，裝上了啟動器。

時間差是件惱人的差異。
當時的疼痛被一下子觸擊，混雜在事後不同廣，或是深的摯痛、痳痺下，成為某些罪惡地愉悅，或是連自己都不明白的矛盾，急躁，衝動的帶來一層薄霧，導致周遭許多色彩鮮豔的種種，因此濕潤。

而自己卻鮮明地不能自己。
只能探究某些無關緊要的事情，藉此存活下去。

情感上的受挫，怎麼類比。
時間怎麼類比，我想，永遠是個謎。

勇者的夢

你曾是名王子
能驅離黑暗
帶來太陽
曾經你說要帶我去冒險
一起成為勇者

只要不覺得冷
只要不餓
不再覺得寂寞

就覺得無懼
一起躺在草地
一起晒太陽
都像打倒心中的惡龍
那麼有意義

我知道我並不是勇者
只是名旅人
但你永遠是王子
然而就算少了你
還是要繼續走下去

冒險還是冒險
路還是路
不能再回家了
因為我和過去的自己約定好
一定要打倒惡龍
才能去見你

勇者的夢

「你是一葉扁舟，在海洋裡無邊孤立，也能在危急的時候，成為淚水暫晾的所在。」

每次你將情緒整好，卻任由脆弱將你襲擊，詫異的是，你無法阻擋眾多無意地傷害，惡意地純粹。

我們都曾隨口說出些什麼，被記錄，被解讀，然而一旦被解讀錯誤，便彷彿看穿心事，憤而斥責、駁回，澄清與解釋。可是你不懂，你不懂為什麼你會生氣，是為了什麼而動搖，忘了你自己曾經在那裡轉彎，什麼緣由將你帶來至此，情緒失控。

「算了，怎麼解釋都沒有用了。就當是這樣吧。」

「我就是這樣的人。」懶得二度解釋，再也沒有多餘力氣解讀，某次對話間的關係，再也無法評斷，你是如何成為，那種，放棄自己的人。
你敏感地像一口油井，海上的鑽油平台，原是要帶給人們光亮，卻焚毀得燒亮夜空。像極了一場惡作劇，海上隨處可見，追憶亡者的流燈。
曾椎在身上的，在消失之前，都會像螢光，若你曾獨自海上發亮，別忘了，自己也曾是一枚最奮力的流螢。

「你不是那種隨便就可以被定義的人。」

永遠不要放棄，為自己辯駁的機會。
用力地、勇敢地理解對方，用力地記住自己，最初，你想成為怎樣的人。
這樣你就會有更多溫柔，親吻擁抱你所在乎的人。
不致將他們推遠，不至於讓你，流離失所地無處靠岸。
起碼，你努力過了。
就讓那個瞬間死去安眠道別。

●●

「僅看到湖，是無法體驗到水的感覺。」——達維斯・哥拉斯

我曾想，這麼二流的人，怎麼能配得上這麼優秀的人呢。直到，我為他找到一個缺點，並且讓它逕自擴散，我才決定往更深的地方走。於是，我們都在各自選擇的想像裡，朝彼此不同的理想，漸行漸遠。

我從來不知道他在想什麼。應該說，不知道他獨自面對漆黑的盡頭，途經坡下點點的城市之火，燈光掠過瞳孔，照亮他的臉龐，從中棲路，游經北勢東路末，隻身孤影的他，思考的是多遠的人生，還是跟偶而的我一樣，只是跟自己的過去反覆辯證。

半夜的房間若不開燈，很黑，等眼睛逐漸習慣了，窗外照進的常常，分

不清是路燈還是月光，淋在他的胸膛也常讓我感覺很涼，凸顯了取暖的重要，窩得越深，就像沉進悲傷而溫暖的大海。藍藍的，跟他的眼睛一樣，我們都是負了些什麼而來。

握住他的手掌，電影院的人們在某些令人屏息的片段，四目相接，我也不例外，偶而會突然望著他，想看他的反應，他常常直視著屏幕，不眨一眼，以下頷示意要我專心繼續往下看。

我如同初生。

我時常感到無聊，活著沒有實感。比起快樂的短暫，總有太多理由，要求著人們為痛而忍。忍一下就過了，彷彿痛是一種結束，然後等待下一個開始，而快樂只是一種意外，若是想得，便必須承受失去的可能。

窩在他背上的路總是很遠，有時睡著了，他便必須聳起肩膀，狀似扛的，將我一路載回家。

J是學校極有想法的那種人，我們差距相隔千年，不完全是歲數的那種，而是歷經許多事件，有許多刻痕想法的那種。即便我們相遇得不夠近，仍能在學校聽到他的事情，略知一二。等我們相遇，等我們望進彼此瞳孔時，他已是返校貢獻，足以指點他人的角色了。

J總是騎著馬車到處奔波，帶我遊蕩。馬車是一種YAMAHA頗有歷史的車款，第一次試騎非常不習慣，後方坐椅則是墊得特別高，算是馬車的特色，坐在上頭，彷彿可以看得很遠，可以前往很遠的地方。

他很獨立，彷彿可以完全不需要我。

坐在車上迎風吹拂時，時常有種被珍視的感覺，但下了車，脫下安全帽，我便有種被自己的不足追趕的緊張，這種感覺使我前進，也時常會有看著深淵的感覺。淵底的風咻咻地吹了上來，一種傲強感便洶湧的襲來。

我不想認輸。

我從不敢細數，所愛之人的條件，彷彿設了底線，就設限被愛的可能，將無法在接受與容忍之間，無限上綱。「有一絲被我所愛之人愛上的希望就好了。」這樣的慾望鞭打著傲強的自己，驅使著所有更好或更壞的可能，儘管蹣跚，總能將迂迴的步伐當作前進。

J喜歡實用的東西。除了政治什麼都可以談。

有話好說。J從來不明白到底為什麼某些事情需要動手動腳的。

我也不明白，但對於這個已經被處處界定好，在時間軸上被縝密的安排，驅使至今的事件，編造而成的錯誤歷史，意志已無法介入。對於苦苦追尋不到答案的人們，只能打擾，打擾這個社會，示意缺口的存在，示意理想需要被追求，示意所有受過的傷，都需要被請求原諒。

但人想要的總是更多。

一旦久了，會成為一種自我挑戰的耐力賽。在這場愛情的政治裡，沒有人贏也沒有人輸。

我們散了。也脫離了當他附屬品的渴望。

我因工作搬移到另一座城市，曾因彼此聚合在一起的家用品、書籍、枕間的氣味及習性一一分崩離析。那樣子的眸也開始在記憶中不定時翻轉，在脆弱時顯露，在忙碌時黯淡。後來，那輛馬車成為我記憶他的標籤，像是一種符號，一旦被突如闖入，便有了混亂的濫觴。

我在新城市，因採訪工作，再度認識不少人，包含W，及W的朋友與家人。

像遊牧民族那樣，在以物易物的交換原則內，重新檢視情感與價值之間的換算，試圖去理解某些事件發生的順序，以及資訊的記憶背後，價值如何販賣，情感如何交易，事實往往並非只有一條構築的路徑。人們如同孤島，有時卻相反的如同飛鳥。

我或追或逃，一口氣栽進工作裡。

主管說，他當初也是這樣才走到這裡，幾年後，也許你會覺得那會是一個精彩的過去。

M是新城市裡某間司康店認識的朋友，不論服務或為人都十分親切，是很表裡一致的那種類型。工作在外頭橫衝直撞，很常經過店前，看著我停下腳步，不禁為工作苦惱的模樣，M總是微微的笑。像是不捨，也像苦笑。

那是一個充滿麵粉的環境，在揉製麵糰的過程中，能看見某些小顆粒在空氣中閃閃發亮，只要一個沉重的吐氣，就能改變塵的路徑，連鎖反應。M和其他的夥伴一起努力，在這裡守著一道又一道工序，餵養客人的舌與胃。

漸漸的，這間司康店成為這座城市的標誌空間之一，時常熟客旅客夾雜，大排長龍。還未到休息時間，桌面上的司康就只剩零星。

某次M忍不住，說了件煩惱事，「希望有人能將最後三顆司康一次帶走。」

我不禁地問，為什麼，這很難嗎，賣完只是時間的問題而已。M說，如果只剩一顆，通常都會留到最後，甚至沒賣掉。

「許多客人看到只剩一顆，就不想挑人剩下的，不看外觀、不看口味，常常走到門口，看到只剩一顆就轉身離去。人們總是想要從幾百顆中，挑走一顆，他們喜歡的，那種百裡選一的感覺。」

原來，放棄也是一種選擇。

曾有個古老的故事這麼說，有個男子為情所困，於是向強大的魔法師求助，希望能對他極欲追求的對方施加咒語，或製作魔法藥水。魔法師對於他的告誡，「若你想被愛，首先必須去愛。」

與J以電話分別時，我很痛苦，一箱一箱的將分裝同居物品的箱子拆開時，也很痛苦。想要完全割捨卻又割捨不掉的感覺，讓我不禁思索自己為何於此，從何而來，有多少次默默經過了J心裡的櫥窗，卻失去方向。以附屬的心態去愛的結果，終究對誰都不公平。

後來，遇到W，學習去愛。

學習乘載，學習接受不那麼好的自己，不那麼完美的愛情，不再痛心裡的欲望。

幾年過去，我還是痛，但我很感謝。

「所有結束的開端
都是華麗的旅程」

「獨立是，接受並習慣沒有安全感的日子。」

游上岸
我們演變成人
攀上樹，便在風裡
開枝散葉

還不懂得學習如何告別
（例如，勾選待辦事項，確認執行）

以為流離失所的那些
被吹斷的折枝
脫離母體後
未能存活

稱為一種解脫

而某些演化性強的古代生物
與適應錯誤的近代悲劇

交互作用
形成一種突變

例如，慾望和愛
放肆共構
將成為返家的座標
抑是指向針尖上

一滴鮮血
一次令人昏迷的永久性刺傷

你好奇的那些

劇情及觀點交叉羅織
悲觀與樂觀，悲劇和喜劇

你知道
某些悲劇仍來自樂觀
而黑色幽默最終只剩黑暗

不是所有演變都屬於
真正的進化
靈魂上某些溢散失去
退化主因並不複雜
只是鼻酸

人們學習區隔
也學習接受
永遠都學不好這件事情
（將簡單的事情變得複雜，
是人類的天性）
（漠視複雜，也是）
最快解決的途徑往往
只是包裝在效率裡軟爛
當人們要求彼此

要對某些事情分開看待
要將人分作內和外時

獨立便只是一種
惡性循環

「所有結束的開端
都是華麗的旅程」

之一

新的一年，去年的你放棄了多少事情呢。
明明你害怕黑暗的。

想著，放棄一點點，再一點點，接受妥協，開始讓步，放棄那些明知道會讓自己更好的事情。
你要放棄多久呢，比起很多需要流汗和急促的呼吸，放棄只需要一瞬間。
比那些讓你幸福的人所付出的努力，還要容易。
你從沒想到，當你決定放棄這些所謂的些許時，未來，匯聚而成的是你放棄一整個星系的努力。

那裡有黑暗。有盞燈，而底下，有蹣跚的你。原來你所害怕的黑暗，如今，你在哪裡黑暗就在哪裡。

「你拯救不了任何人。」

所以，也沒有人來陪伴你了。「放棄」，昨晚給你的耳語，捎來的訊息。

害怕黑暗是有罪的。

因為那些人們，努力所發的微光，為的就是讓你與黑暗共生。

為的就是提醒你，比起放棄，你值得擁有更好的宇宙。沒完沒了的掙扎，才能有，沒完沒了的人生。

之二

有時候，好渴望擁有再給的力量。

望著掌紋，背後襯著列車在夜裡疾駛過的城市燈火、荒野與田間，我突然害怕起那股讓我迷失的力量。

我更害怕我的不勇敢和軟弱，全映在明亮的車窗倒影，我害怕恐懼是真的，信念是假的。

我是假的。

像是這艘巨大的機械長舟，迅速帶離現場，我為什麼怕那些平行時空的自己背後，有什麼故事，望向都市裡眾多的燈火，我無語，這樣的迴圈周而復始，重播我的生活。那些恐懼會滲透，像水上的油，時而像一條細線纏繞在每個軟弱、虛弱的時候。

而我就只是怕。

什麼事都做不了的那種。

我必須奪回我的生活。

我不是未知的困獸，我不屬於黑暗，我的窘迫是我自己給予我自己，不是從別人而來。

我確信，只有自己去感受，才能在夜空中找到自己的星辰。

我必須擁有自己，在那輛通往返家之路的夜行列車上，為了我的愛人，我的家人，我必須擁有一雙清澈的眼眸，有必須去的方向，擁有能夠驅散踟躕的光，時間無法徘徊，我也是。

期盼，誰都有落淚的自由，但我真的不想讓誰再有，悲傷落淚的可能。

親愛的過去，我愛你們，如同愛自己。

如同自己，為了愛你，我願意先奪回自己。

之三

「因為他是瘋子，而瘋子容易無聊。」——《新世紀福爾摩斯，2010》

其實生活並無想像中如此乏味。幫愛人蓋上棉被，或鑽入他築起的柔軟堡壘，用身子暖和他，在彼此體溫共存，相互流通時，更確信彼此的存在。

我是愛他的。

他也是。

不服輸的那種，不肯認輸的那種，不肯放手直到最黑暗深處，仍堅持喚醒我，不怕被危險吞噬的那種。笨孩子。

我們都怕吃苦怕痛，怕受到一輩子都好不了的創痛所苦，怕這個世界用錯誤的角度，去認知我們，去摧毀辛苦建立起的家園，傷害我們身邊珍惜的人們。

所以，我們捨不得離開彼此。

或者說，我們不應該離開彼此。

為了守護我們的世界，我們應該挺直身子，抵抗愚蠢軟弱的自己，擁抱愛著我們的人，並以更深的愛，相信著他們。

你知道，願意給愛的人，已經很少。世界是瘋狂的。

但我不是，我要將僅有最後一絲的理智，交給良善的人們，交給W，成為一個更好的人。

之四

很多事情都是分類好的。

好的壞的，藍一點，或是更藍一點的，不想屬於悲傷，但來自悲傷的。

啊，很容易全部混在一起啊！

所以，創世者在創造世界、人類訂定丈量世界的基準時，才會有生命啊。

人們必須用一生分類各種，並妥善保管結果——記憶。

例如，光，是這個世界給予的，我們都無權擁有，卻要小心地不要讓黑暗意外洩漏，因為這有罪；眼淚也不行，但如果能順利被蒸發，可以。傻笑也是不行的，但有痛苦在背後墊著是可以的。因為這看起來足夠淒荒。

人們喜愛有意無意，戲謔似的跟隨悲傷跳動，能活著出現在眼前的，都

代表真理及愛。

世界很多交替與分類都看似沒有邏輯。

但時間有，記憶也有。像A不想被遺忘，V渴望被愛，我也是，被愛的前提是不能被遺忘。誰都不能丟下誰，不是嗎？

到了某一站，分類完畢，突然就會只剩下一個人，像一個包裹。「你不是孩子了。」該完整的時候，就會被迫分類到一個品項，擁有一個稱作「完整的悲傷」。

之五

我一出生就是一個準備讓人解決的麻煩。

「我們能碰面真的好不容易。」對於每次和不同人的見面，都有這種感覺，兩個不認識的人，見上一面，是經歷了許多不能承受之重，活下來，彼此才擁有見上這一面的機會。

人們都必須為自己負責，惹下的麻煩自己才能解決，才能在碰上想好好說話的人時，好好掏心掏肺地說話。

你知道，所有走過的路，都沒有白費。人們講述這句話時，如何脫口而出地那麼自然，那麼坦然自若。

「我們各自都是解決各自的問題才來的。」關於我愛你，亦是。

第四卷

二流人生

人生就是一場無法閃躲、被拋棄，

又不斷跟上的旅程。

有時候想起，

我仍會痛恨我的不滿足。

旅人的房間

你負責支解自己的心
負責每天摘下一片葉子
訓練理性
在很多不在的場合
負責哭泣

你曾說，有顆堅強的心
用來追尋
不能承受之輕

於是你成了
自己的半衰期

死後的心留到現在

並非無光的影子最黑暗
不了解自己的依賴
不算是愛

圍繞花火的塵埃
太多傷感
隨燈光越來越小

很多夢想開始買不到
寂寞裡
發現要自己走

很多故事的起點
都先從某座島嶼離別
即使窒息
都會學著活下去

（我們都曾經這麼勇敢呢）

但痛過一遍

就懂了
別造成別人的困擾
別打擾了寧靜
不要在黑暗裡告別

莫名模糊
透明了白晝

我們迎來的
是自己選擇的離開
沒遇到彼此
也算應該

旅人的房間

無人的街總是特別地亮，也特別地暗，我的心總在此時，像壞了的床板，咿咿呀呀的響著，它不甘寂寞，卻只能那麼寂寞。

搬進這間租屋，大概有兩年的時間。

屋內空蕩，輕輕一咳就會有回音，可能像峽谷，有很多事情正在靜靜發生，但旅人以為陪伴著的，就只有旅人的聲音。旅人大喊時，想聽見的並不是峽谷，而是自己在旅途上的孤寂。

但在這座小小不到六坪大的租屋裡，輕輕一咳，便顯得那麼倥傯和窘措。

隔音有沒有問題啊。

否則，就會被發現只有一個人了。

這裡四季終有光。

有些旅人醒來時，會忘記他身處何方，為何到此，眼睛一睜開，以為回到他最急欲掙脫的家鄉，和他再怎樣也無法不賴著的，那張白白淨淨的單人床。

於是，我不敢讓小燈熄滅，將它調至最小亮度，在拉上窗簾後，撕開一天的晨光前，讓它提醒著我，還在作夢。

「這裡有家，但不是你的家。」
「這裡有床，但不是你的床。」

你還在一趟倔強狂妄的旅程。

它慫恿你近乎苛求的挑選每一個家具與陳列，學會丈量每一個沒有把握的缺口與空洞，然後，試圖用任何有收納功能的家具塞滿它。

也並不是非得窗明几淨，但旅人沒有退路，旅人在無人的夜裡，自忖著，

還不夠，還不夠，這裡看起來還不夠不像老家：不夠像能接受自己，接受夢想的地方。

也許，丈量那些稱不上是寂寞，卻有一個世界大小的缺口，掂量它的重量，已成為一種生活儀式，某種輪迴。像每晚凌晨兩點睜開眼睛，然後倒杯開水，望著腳下一長排騎樓，橙燈閃爍著的模樣。就像現在這樣。

也許缺個人吧，我常想。

有點人味會比較像個家，但人是活的，前腳踏進後腳踏出，這個宇宙就不是剛剛那個宇宙了，今夜就不是昨夜了。遭逢巨變的旅人，無法拋棄所有的悲傷。

他才發現，很多東西都是可以扔的，只有悲傷是累積的。

像堆滿收納箱，但東西仍然全都在地上的樣子。

每段廝守終生

我在最深的地方等你
那裡沒有光也沒有黑暗
有你記得我的樣子
還有回憶

記憶不是傳真機
它有一面鏡
讓你看見自己的模樣
討厭的

喜歡的
如果跟你一起照
希望有機會是幸福的樣子

我不要你哭
我們都是勇敢過的
有時候我也討厭自己
即使我們這樣
也仍然有人深深愛著我們

每道晨曦
每層海浪

它把你打上岸了嗎
我們惦著的尾巴
長成了腳
有走得更開心嗎

旋律說
沒有永遠的最後
留下的是什麼就是什麼
每次結束都是開始

我們回不去的所有
海域

都在岸上遠眺
彼此的故鄉

每段廝守終生

總是要到傍晚，腦子才感覺逐漸甦醒。

多少次了，在午後陽光乾燥軟枕、溫被間，緩緩地自然醒來，那是一種被關愛的感覺。

房間裡空無一人，卻能感覺他的眼光。還在。

伴我一起，睜開眼睛，輕軟地撫摸著我，宛如擁有細毛的臉頰。

你知道嗎。這是一顆毛茸茸的心啊。

這顆倔強的心，甚至飽含眼淚。只是從不哭泣，就是因為如此，才會感到幸福吧。

離開他的第三個月，我便習慣晨間失眠，午間腦內混沌的生活。即便準時趕上前往S地的火車，過了那條河，無論下雨或豔陽，便是綠色一片，各式各樣的，擁抱著，或寬廣暈開。

你要將我帶到哪裡。

能否將我的靈魂還來，讓我的眼睛重新溼潤。

「我沒那麼弱。」

只是此後，不論喝再多咖啡，如何調整時差，早睡晚起；如何掏出心中的話語，與朋友們交換密語，或跟風，如何碎語，將那些耳語歸還，用精神償還，某些不該思念的債。

我仍只能在那樣的午後，傍晚斜陽，那樣的夢醒來。

那是惡夢嗎？

睡醒後，打開窗戶，遠眺後山的紅土，及薄濛的夕陽。

是熱的，溫烘一般，像是淚，又像是心。

局部患者

你會不會害怕過去
類似返回
回歸，或屬於的字句
像雨過的天空害怕
藍色的傘

人們拒絕使用
曾經，讓他罹患的病因

痊癒的瞬間
巨大裂痕成為
某些氣象的隱疾

因某些氣息
將某些時刻固定成
發狂的病因

並非哭，或
失笑於刻意忽略的
部分偽裝

局部患者
只在局部烏雲密布
十分光亮的場域
哭泣

只有患者的局部
才知道
那些使人無措的病因
而自己

只能恐慌
拒絕自己哭泣總是穩定的

一時低迷

我嘗試找出病因
無法感受是一種病
碰到悲傷的事
每天都無法哭泣

醫生問
有沒有觀察到什麼病徵
氣味表皮眼白

我的病沒有顏色

病得很舒爽
病得不痛不癢

我的病沒有徵兆
沒有心治好
治好沒有心

我病我自己

局部患者

患部一

城市每到某個季節，某個日子，某天時刻總會起一場覆蓋城市，像濃霧一般的霾。這樣的日子，每吸一口氣，都使人更接近死亡。

像膿一樣，人們只能待風，像紗布似的拂去，輕擦後，再靜靜等待肺與心臟的死刑。

此外，只能無能為力。

什麼事情要好，彷彿都要先歷經慢的像靜止的日子。

不動，不死，就好。

我想起J輕咳的那些日子，有時，會比較激烈，像是要咳出血來。

J先天有氣喘，呼吸道不好，容易在室內外、晝夜交界之時，缺氧似的從小轉為大咳。我常烹煮不辛辣的稀咖哩，試圖溫潤他，但其實大多時候，我對於他的病情，始終內心冷漠，有時候我甚至懷疑，我未因我自身的殘缺，而更擁有悲憫的特質，反而更像內心缺損。

我對於愛的想像，包含如何愛人，果斷嚴懲般的，細落在身邊的人身上，將他們訓養成異常獨立自主的人們。

錯了，始終沒有獨立自主的人，是我。

人們只是一味的去要求，酷寒遲早被擊退，碎花能像散雪般飄來，我最終能擁有愛我的人，而自己專注的感受及享用就夠了。

最終，所有來自他的，我都歸還給他。

而仍然有還不了的，那都是幾世彼此都還不完的，愛恨。

W對於聲音有自己辨識的一套。

在尚未戴上眼鏡前，他總是堅稱自己聽不到，很奇幻，「因為我看不到嘴型及表情，我就不知道一句話真正的意思。」對於我對他「閱讀聲音」經驗的斥之以鼻，W總是很認真的這麼說。

若這是一種病，W說大概也持續廿幾年了。

在後來幾次爭吵裡，類似的語意，也感覺間接地轉化進來某些語句，例如，「你不能再這樣，你若是這樣我便不知道什麼是真，什麼是假，不知道我該守護的是什麼東西，而該把什麼當作垃圾。」

關於錯誤依附關係的幻想，我一直覺得我是垃圾。

對於某些經驗的困境，我身陷囹圄，困窘地近乎於隱疾的模樣，有時候我已經不知道自己像什麼，或是有資格擁有些什麼。

如此麻痺，如此不安。

如果我渴望被愛，如果我渴望自己是那名愛自己的人話，我也許會因不清楚，不了解這個人的模樣，而惶恐，而驚慌地不敢出手。

很多時候，我們渴望有誰來救。但也很多時候，我們也清楚。自己不值得一救。

人們很常搞不清楚自己擁有自己的思考裡有什麼，對於價值觀有直接衝擊的，或是對自身的理念有共鳴的，才會有立即性的附和，但其餘的常常任憑意料之外的線索改變，任憑弦外之音曲解，任憑命運妄加揣測，任憑風聲耳語推演著謊言編織成，不是自己的意思，成為不是這樣的人，不是像你這樣的人。

人類的意志是堅強而脆弱的，眾多時候，他們需要被相信，或被代替性的不去相信什麼，尤其黑的，深的那一面，人類的自制力來自於世界的監督，透過不信，透過感動，更加確信自己是一個怎樣的人。
或是一個，絕對不能成為怎樣的人。

人類是瘋狂的。
但我們可以幫助彼此，瘋得自然，瘋得與眾不同，卻又和諧。

要到時候，才能用對的方式愛人。
又要到什麼時候，才能讓你的愛人理解用對的方式愛人，才不會——

對不起一個人。

你懷疑你偽善。
你認為你的經驗勝過這些人。

別傻了。

你就是。

患部二

「當你錯了卻沒有人能指責你，你開始懷念年輕的時候。」

「懵懂，脆弱，靈魂卻有很多話想說。」

忘了反複在陽台上明滅的燈光，月落了又亮，盆栽裡的花瓣落了一地，無人理會無力拾起。我們對生活有些疲軟，有些無能為力。

「沒關係。」

「對於未知的未來，多少我們都懷疑是否給得起。」

因為你，我可以去世界任何角落，但當你要我自由，我卻發現無路可走。翅膀有翅膀的形狀，我卻無法描繪心傷。

為了成為更好的人，所以遇見你；為了讓我更好，所以你向遠方走去。你想看海，所以爬上了山，我讓你踩踏，你卻投入了海，成為浪，不斷沖刷著我的存在。

浪聲傳來，不斷提醒人們獨身，自己一個人，無法縱身無法浮沉，日夜守望。也許你離開了，但對於我來說你還在，在每個年輕的時候。

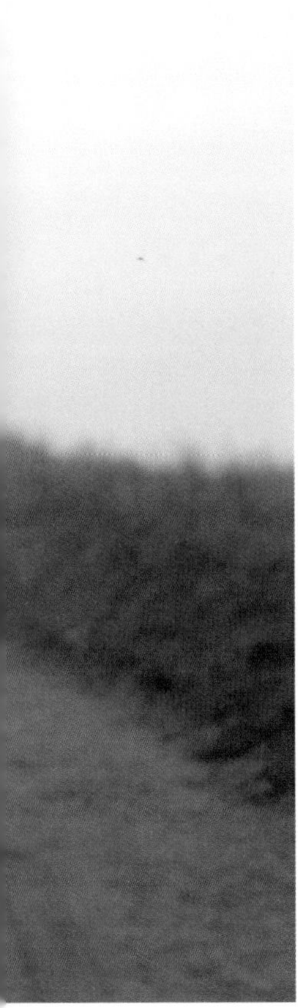

「當生活塌陷得無法辯駁，人生不像電影，沒有配樂濃縮，聊賴的寂寞。」你曾想過嗎，該怎麼辦。

生活帶來的規律，偶爾像是死了一樣。沉穩卻又害怕悸動，緩緩地改變，到什麼時候卻又不再改變。生活有所侷限，最怕有了激動的感覺，卻身不由己。

我們是一隻沉盹的貓，像一只拍打窗戶的氣球，無人回應，淺薄地像呵在玻璃上的霧氣，消失了也沒人在意。

會讓人想到，每個無法選擇的決定，只能默默承擔的事情。兩人之累重，一人之寂寞。

對相存相依縹緲的需求，夜深人靜的浮木。如果愛，是不是什麼決定都要接受，祝福對自己而言，是那麼的沒有理由，那麼壓迫。

「於是，也不會太責怪自己麻木了。」

之於，破碎的心傷，過去自己的死亡，降低情緒的感受，麻痺，才符合人性。

對自己的愛。

每個流浪者的過去，都有段愛在流浪，知道它還在，卻不渴求它回來。

是溫柔的，是溫暖的。

下一次，遇見讓你心動的人，記得好好對待。

不要為了做山，成為了海。

在年輕的時候。

局部治療

你的一切我全都接受
我們能一起訂正那些
錯誤的刨除

我們都曾荒涼的
過分頑固
都曾為了抵抗沮喪
而害怕沮喪

幾年被拒
眼眶泛出的不只是藍鯨
空曠的淚
廣漠的海色荒蕪
人們習慣不被愛
而開始無法

自愛

有時候承諾
是一個人的勇敢
有時候恐懼

是一個人全部的獨白

受夠了不應該
一瞬間三月與冬天的到來
受夠了失去
夏天，及能給的所有溫度

我們總是先承諾
再各自困苦
先是懦弱
才開始學習勇敢
如何自足

我們都曾將甦醒
作為生命中
最偉大的本質
寬廣的海

我們都是存在的附屬品
靈魂的瑕疵貨
我們都曾在肉裡敗亡
在愛裡衰弱

一個人不能是
另一個人世界的全部

活著哪裡可能
沒有選擇
你的一切我全都接受
你永遠繼承不了我的悲傷

你不能
也不應該

局部治療

人們對於藉由自己的決定，來證明自我「是自由的」途徑，感到眷戀及著迷，畢竟有過多自由意志的陰謀論，關於人類是活在一幢巨大的實驗室裡，像是楚門的世界，像是動物園，像是父母一輩子嘗試完美修繕陰影的替代品，像是任何一名能決定你人生，他們必須確保，自己在你的生命裡，佔有具足輕重的地位。

他們害怕被遺忘，他們對於不被記憶，對於失敗很在意。

你知道，你也是的。

你無法原諒自己放棄太多機會，沒有防止鑄下大錯的機會，太多，也許當下你不知道，你算計不到，在誰的心中壓印黑暗，讓誰的夢境裡染上唾棄，成為誰一生中僅僅幾晚的夢魘，或造成誰對於情感或信任感，一場巨大的人生事故。

過去的你選擇的是逃離。

將世界對你的冷漠，無視成大海，一場又冷又灰的大霧，你不在意被傷害，你寧可這麼想，所有的傷害都是自招的，只要這樣想就沒事了。是我自己選擇讓世界來傷害我，我就沒有對不起誰了。

然後，你挺直腰，前往下一座孤島。

你堅信總有一總島，能擁抱全部的你。你不過是一場燦爛的大火，過去幾十年，你只是焚燒，你只是為了溫暖，而不斷隆重而廉價的遷徙。

但夜半的時候，很多記憶並非一縷輕透的煙霧，它並不芳香，尤其在沒人陪伴的時候，你所感到的孤單，讓這一切更加地嗆人。

你為什麼不承認，你思念了。

你後悔，你逃避你抗拒的所有一切，總是在這種日升月沒之際，特別容易招喚出來。

你害怕和解，害怕面對所有你的不甘，只是來自於不完整，更多時候，你害怕你所傷的，你所做的許多看似細微卻是重大的種種，駁斥了你對於愛的渴望及想像，你的不面對，只是為了避免打破這些想像。

你想當好人。

但親愛的，這世界上沒有完全的好人。

所以你也該知道，也沒有那種真正十惡不赦，可惡至極的壞人。

你所懼於的事情，很多，你要先對抗你的「處子情節」，你害怕給予，因為你覺得自己很珍貴，你害怕重建，是因為你覺得重來的事物，沒有全新的來得這麼好。可是未來的你啊，你知道嗎，真正強大的人啊，是能夠一直給卻始終不會覺得自己有短少。

人們的反思，不是為了觀看自己的虧損，而是為了保護是否有同樣的傷，被自己加諸在周遭的人身上，人類能巧妙地抓取訊號，進行分析重組，以做出相對應的解決方法，但無法一直保持那種運作狀態。但也因為是這樣，很多訊息訊號要避免被曲解，就得靠很多良善的人們，以及自己去體貼，釋懷，去拾起眾多散落的好意，過冷的記憶片段，不慍不火的去重繹組織，去感謝或是嚴正地告訴自己。

原諒，或原諒自己。

沒有討好的那種，很重要。

之於世界，之於自己，你所擁有的平衡，便是身邊人們的幸福來源。

法則一

你是好人。

你是一名靠著別人相信，才成為的好人。
你是一名倚靠信仰，這樣比較不費事的好人。
你是一名為好而好，如此偏執的好人。

你是一名好人。
儘管如此愛慾交雜，你仍是用你覺得好的方式，愛著這個世界。
某些足跡，改變的刻痕，用某些炙熱的方式，烙印在你的身上，你很清楚知道，無論是靈魂或是心臟，已經改變。「無論如何，那都是回不去的。」
全按照你的方式，你所編寫的劇本，持續進行，反悔及受傷也全在你的意料之中，你知道的，明明知道有這麼一天來臨，以為自己已經準備好了，不是嗎。
為什麼沒變成一名善良的人。
為什麼遭到指責的時候，仍然會受傷。

因為你過不去心裡的那關。

你知道，劇本在編寫的時候，所有的預料之中，不過是一場巨大的預設立場，人們都是善的，並非代表自己是惡的，也不是不懂得保護自己。而是，不願承認自己的心願，全是一場無能為力，一廂情願的展現。

你投射，你愛上，你用心地將自己編入受害者的角色，好躲避自己欠缺的那塊，不願負責，你見到每個黎明黃昏都會惆悵，而非幸福，好好思考明日的自己，如何讓更多人獲得祝福。

親愛的，你知道你有所欠缺，並非你無法給予。

我們自癒有時候是需要一帖荒唐的解藥，你的勇敢並不是來自一場空白，而是一道能創造未來的光束。它可能源自你的黑暗，它可能是在午夜，每刻你覺得難捱，你覺得這一切都沒有意義的瞬間。

堅持下去，你該獲得的終究會得到，只是早晚。
卻可以讓你所愛，及愛你的人，幸福，早點獲得。

法則二

放下並未是開心的、舒坦的、釋懷的，我們不如這麼想，所謂的放下，僅僅只是不累，不累而已。可以嘆一口長吁，一口徐徐的氣呼出到底，然後逐漸轉為透明，你放下了，你走了，我說的是那些類似像魂魄的執著，像鬼魂的糾纏。

有時也不是不疲倦了，而是累了，恨到累了。

某些原本快樂的事情，因為某些自身過執的慾念，狂妄的近乎貪婪，渴望只要伸手就能攫取的種種，彷彿只要說出口，他人就必須能夠理解。彷彿恨，只能透過一種方法才被記錄，而忘記凡是思考過的，就會在抉擇留下行為的痕跡。

並在某一些用同時過執的方式，回應自身的生命。

悲傷不是罪惡的，但放不下是，它帶給周遭的人不幸，它無法帶給自己，你要知道，憎恨不能成為一種信仰，但是從黑色裡走出來可以，從如墨般的黑夜等待光芒可以，從你自認為自己是二流的人生，理解喜怒哀樂的風景可以。

結局的故事

你飛過許多地方
走過某些超過萬里
和解的路

不能自由
是你最遺憾的事
無法後悔
自己窺伺自己中
最厭倦的癖好

你熱愛冒險
尤其最喜歡阻擋自己的夢想
像睡前
喝一杯剛沖好的黑咖啡
失眠整夜
為了看黎明而徹夜未眠

每天翻開的書本
一陣子沒碰
寂寞，再打開心
就變得激動
很久沒遇到的人

想打招呼
有一些話想說
但是時間變成熟了
它知道
會懂的最後還是會懂

很多正面衝突
留在那幢平整的房間
都是打完架的痕跡
掛著倔強
滿臉卻是傷
假裝了一陣子的堅強

別把他留在那裡
那裡還有快樂
每個道不完的晚安
晨起的黎明
不在，也仍然感到心安

別把他留在那裡
別把傷心和痛苦留在過去
明明還有溫暖

答應我
不要放棄善良
不要放棄成為善良

結局的故事

獅子座，一頭不知道為什麼慵懶，不知道為何追逐的貓科動物。

關於星座學對於人一生的影響，是歸納是演繹，是統計或一生腳本的演出，其中因果早已無法真正釐清辯證。但我們因宇宙而生是真的，而每個人的心中都有一個宇宙也是真的。

我們想像宇宙自有一套定律，想像了自己是一個寂寞的星球也是真的。

這一切都與追逐有關。

許多追逐的開始，都與結束有關。

小時候，母親為治療我的耳疾，刺激腦部發育，一週常跑個二、三次，從鄉下到市區學習游泳，在當時，國人游泳意識尚未扎根，這樣的運動治療對於母親來說，已是千辛萬苦。然而，無論是工作、家庭所帶來的不安，我因不能掌握無法捉摸，車上的通勤時間，常是我最煎熬的時刻。

「我從來不讓自己好過，好像一旦擁有，就會被以各種理由剝奪。」

某次，母親為了鼓勵因手腳無法協調，常在水裡載浮載沉，而一直想放棄的我，而罕見地主動說，要在泳後帶我去吃速食，再撐一次，再撐一次。我聽了感到欣喜，於是，我搭著時間之船，划過了每個如年的水道，安然上岸。

母親便在返家途中，繞入進購物商場，讓我下車買自己想吃的速食。而我卻因想吃的品項賣完了，感到空手而歸的恐懼，而買了其他的品項。我在車上遲遲不敢打開紙袋。

最後，母親發現後勃然大怒，因為她已經受夠了過去以來，被騙的所有，黑暗的過去，讓她受夠了慫恿、唆使的感覺，她渴望安穩，一時的千頭萬緒，讓她在半路下車，扔掉了我的食物，叫我下車。

幾分鐘後，母親回來，我不哭不鬧地上車。

但我很清楚，有某些東西逝去，某些暗處茁壯。從小，我便很清楚，一股強烈而強大的恨意驅使著我，它使我得到母親長久渴求的穩定、堅定。但它所帶來的情緒、恐懼，卻幾乎掠奪了我所有一切。在母親之外，我時常陰晴不定。

我渴望我愛的人同樣愛我。

可，愛是什麼。愛是能創造一切的衝突，愛是能毀滅一切的希望。

我常為我周遭的朋友感到委屈。

因我任性，不僅天性，我懂我的種種，思考路徑使然。我懂我認為我的恨，即使毀滅全世界也不足惜。

那麼，毀滅自己呢。

那麼毀滅自己之後，那些真正在乎我的人呢。那麼我的愛呢。

跟J在一起時所感到的自由，是一種自私的平衡，脆弱的心容易被侵略，不安容易侵襲，人們透過以愛之名所施加的控制，今夕何夕，不古的仍然是一顆害怕、恐懼、失落所扭曲的陰晴，它在每個選擇裡困擾著你，也在你的決定反過來傷害你，人們被逐步推上高峰，人們渴望自由所施加的種種，卻得不到自由。

深怕下一秒就被摔碎，粉身碎骨。

我渴望光，渴望溫暖。

而這渺小的自己，終將不該是為自己的害怕而邁開腳步，而是必須面對自己，才能擁有更多的東西，傾聽枕邊人的話語，如同呵護自己的方式，去呵護別人，用當初恨世界的那股力量，去衝擊邪惡，沖散黑暗。

因為過去已逝，儘管一切終有關聯，但你不要害怕，讓你無法前往明天的遭遇，而是相信，那份讓你更加強壯的選擇，問心無愧的決定。我們都擁有光亮，也有無光的時候，盼我們都是透過相信自己的光亮，而選擇驅散黑暗。你的責任，與你的痛苦，都是因你早已選擇了守護，珍視你的愛，珍視自己的光。

你該成為光，若你想，你將終究是光。

那天，你遇見更好的自己。

那一個一夕之間的事，你說了謊，說擁抱了情緒。語言，是種植物，栽種哪些悲傷，某天就會匱乏成海洋，今夜淚水泛濫成災，明日的強悍，便乾燥得如同沙漠，懷念森林的沉默，勇氣並非是噪音，不是嗎。

只是人們都太擅於在傷害中成長，彷彿疼痛是長大的反面，自己是悲傷的側臉。

俯視過去踩陷的步伐，曾以為能為迷亂的自己，或讓未能踏上歸途的旅人們，重新登出，如今都成為風的足跡。

你離開了，卻也把自己留在那裡。

你知道的，所有溫柔都有它的原型，我們都只是過程，帶領彼此走向最終，也亦成為彼此的最初；無論是背負所有的傷痛，還是所有完整的給予。

那晚海洋照映的光，藍的並非傷感，而是無懼。

能傷你最深的人，往往來自於最親近自己的人，有時候不是他們太強大，自己過於軟弱，而是自己將最柔軟的部分，開放使人行兇。

造成一種受傷的感覺。最後困坐在這城市，互相比較彼此積累的傷口。

真正的溫柔並非將愛人，詮釋成無微不至的呵護。情感終究會使人改變，成為成長的一種附加工具；當開始勇於擁抱對方的傷時，便是擁抱自己的。

最後，你能保有最純粹的情感，在一副最堅硬的偽裝後面，感謝過去某一個傷你很深的人，和繼續愛一個讓你持續受傷的人。

你是傷過人的，你知道。

而溫柔並非強悍，而更近於她的原型，勇敢。

勇敢面對世界哪一部分，便是溫柔的擁抱自己的過去。

●●

我總是覺得留在原地越久的人，影子最長最深，有談不上來的悲傷與忠誠。我想當那個回去抱他的人，或者也是那個渴望被抱的人。只是我跟不上我的腳步，某些溢散的黑，凝滯了我的腳步，我卻總以為這是前行的勇敢。

有資格談前行的人，也許只有時間。

進入採訪工作後，時間被工作大量的切碎，我常帶著筆電到處附著暫宿，在咖啡店、小公園或警察局等，我從未想過的背景場景，再如何乾淨、整齊的整裝，下一秒都已無暇顧及。現在想來有點愚蠢，但身為資歷最淺的菜鳥，我將這樣來不及反應的遲鈍，歸順成一種被期待的演化。我其實是很直的一個人，直直的，無能為力，直直的，難以自省。

在採訪的行業裡，常能看見無能為力的自己，也能看見許多不同的期待。這些期待源自不同地方，各自在鏡頭下羅列，交織成一日的資訊，這個持續變動的世界。人其實比宇宙定律更難捉摸，唯一相同的是，依附在輪迴的反射動作。

但人的生命太短了，善於遺忘，對這樣的循環，人們時常感到不堪其擾。

彷彿難以前進。彷彿揮之不去。

我總是被教育要期待生存的美好，要有真正自我的展現。但生而為人，在這切換迅速的時代，我只期盼我有說服自己擁有好情緒的能力。而被愛也是一場巨大的反射動作。

進入採訪工作二年後，南部發生嚴重震災，地震當時的我還未入眠，趁著年節前夕將近，整理了過去大疊大疊的筆記資料，突然一陣晃動，無論震幅及搖晃時間長度都過於使人不安，即使震感停緩，一顆心仍惴惴不安。盼著手機上不會跳出通訊群組，彷彿提醒通知沒顯示，災難就不會來臨，災情不會抵達。

但怎麼可能，人心是敏感的，新聞記者更是敏銳的一群。

九幢十六層無名大樓搖晃傾斜，一倒就倒進無數人的心坎，瘅痛不已。我騎著摩托車在大道上奔馳，趕往現場紀錄支援，天色無光，遠方漆黑，我將車輛停在附近，步行過蒙上塵與沙的路面，漆黑遮住天的，並不是夜，而是無數土堆、磚牆與急促慌亂的人們所交疊成的牆山。所有話語宛如荒廢，在這個剛摔落而反應不及的現場，我們都深陷在這岸上的百慕達三角洲裡，情緒難測。

有時不知道身處何方，有時突然回到哪一個尚未準備好就來臨的過往。尚未重建的憂傷是很多受傷的家庭、孩子無法前進的力量。在血液裡，家人是彼此給予創造的力量，在情感裡，我們依賴著彼此的反射動作，守著關係繼續存活。

失去孩子的父母，願意付出所有，再回到以前的那個時候，而努力創生；失去家人的孩子們，該怎麼在血液和信任之間，學習反射，以擁有某種正確的投射，直到自己擁有創生的力量。

記者們都很努力。

幾乎每個人都在抵抗心中的反射，去守護某些的可能。

「世間險惡，我親眼看到……。」

母親總是碎念，她看見及所發生在自己身上的遭遇，以驚訝的表情及肢體語言告誡我，世界對於色彩是貪婪的，想擁有更多的人，會不擇一切，用盡手段奪獲他人辛勤的財產，恣意汙損他人心中的信任。

我想起偶而做起的夢。關於我被擄走的惶恐。

幼時某年某天，母親照例帶著我去市場買菜，當時的自己只及母親的膝上，她牽著我訪過一攤一攤，採購每日食糧，突然市場變得擁擠，在數不清的腳之間，離母親的手掌越來越遠，轉瞬我已被隔絕在外。母親突然發現事情不對勁，推開人們，才發現某個男子將我抱在手上，狀似要將我帶離。

每當夢裡出現許多雙腳，宛如將我沖開，像激流、像命運，將我與母親隔開，是否要將我帶去另一個生活。我惴惴不安，直到自己醒來，直到告訴自己這是一場爛夢。

與J分開的那一年，我也總是夢見最後我們彼此對望的深眸。在他瞳裡的自己，如此熟悉，臉龐卻逐漸陌生。如同每一個月光下的他。

地震過後，我持續探訪一對失去孩子的父母，他們決定實現再度擁有孩子的渴望。為了讓很多遭遇同樣狀況的人們，知道有人與自己走同一條路，如同島與島之間的孤離，卻存在於同一片海洋。但每次，每次，一股悲傷幾乎將我撕裂到都無法開口。有太多的可能，讓他們無法再度擁有孩子，那他們的傷呢。在創傷及擁有之間，他們是否選擇了再度受傷的可能。

騎著車，在風的世界裡，時常能感到自己的存在。悲傷逐漸將我浸潤。從未擁有最欲求的自己，懷疑是否能真的擁有自己的生活。

「總是二流的人，最有資格擁有的，是最二流的人生。」我逐漸失溫。

我總是在自我證明與傷害周遭的人當中選擇徘徊。有時，甚至會不知道哪個更糟。

我們都想為悲傷找一個理由，以為能成為一個出口，但能正視它反抗它的人並不多。有些人反而被其吞噬。

人是善於遺忘的。

例如快樂，例如，曾經愛過。對於殘缺的存在感，卻潛藏在血肉之下，如影隨形，時時提醒，彷彿沒有盡頭。

與美好所帶來的擁有相比，人們對於殘缺的靈魂篆刻，繫帶更深。除了情感變化，關係的突變，事實上的傷害外，擁有更高期待的人，更將獨自承受落差。

凝視黑暗。

在黑暗世界裡，那裡其實有些什麼，在裡面什麼東西都長得很像，令人恐懼，那裡的野獸不會合作，但都能獵殺自己。比較不同嚴重程度的傷口，像一場生活，如果逃，只能是選擇一個比較淺的傷口。

一不小心就會淪陷其中。

「死不了的那種。」有時，我只能等待。痊癒的過程卻宛如沉痾。

當愛一個人，愛到靈魂深處有污損。想極力抹除。那並不是種自我期許，而是一種逃生的反射機制。

我在許多時候逃。

在母親問我「什麼時候才能長大」的時候逃，在J提出的每一個感受細節時逃，在每一次J自我徬徨時，更有想逃的衝動。記住了許多傷害，感受無愛。於是，奮力追向愛時，總是壯烈，想要粉身碎骨。而等待是一種宿命，像是一場賭注的保險，也像是一場更迭的試煉。有時候走過萬難，有時只是等。像荒蕪，像自喃。我們都需要倚賴著別人，來記憶及辯證，人們的存活，並非只是規則，我們都是打破了自己，才走到這裡。

直到心中越加肯定等待的意義，直到時間到了盡頭，便是能將等待的那個人，昇華到如同是自己的時候。才能一同悲喜，一起死去。我們不再受困，因我們都記得彼此曾經走過。

「當時我和他拼命，說什麼也不能讓他抱走你。」母親激動的語氣將我喚回。

像我怎樣，也不肯放棄失業了數個月的J，我怕他在等待的過程中，連同自己的光亮一併失去。

誰都無法失去完整的自己。人們能擁有的，最少只有黑暗，最多沒有光亮。

我們都不是自己一個人。

人都是孤獨的，但並非孤單。

無論黑暗，以何種形式存在，或以什麼方式介入，溫暖不會允許，愛自己的人，及我愛之人不會希望。

逃走的時候，友人們選擇了承擔。

W選擇年稚的陪伴。

我一直被愛著。

被愛常是一場巨大的反射動作，創傷未癒的人們持續在其中糾錯，現實卻只能逼人面對生活，將自己停留在每段關係陰暗的細節刻痕中。「完整的愛是彼此誠實的說出所求」，完整並非完美。

所有最初的原因，都是終需完成的結果。

若彼此懂得所有的黑暗來自於愛，那麼，你相信愛是什麼，在黑暗裡便將成為什麼。

如果是光，就要奮力地去照耀，用力去尋找擁抱的方式，直到真正意識到自己失去什麼，仍擁有愛的勇氣，直到成為一種信仰。

你得繼續對自己好，以自己知道的方式，直到懂得愛人，如何去愛，直到理解你和這個世界，以及那個仍在盡頭等待你的人，先是捨棄了什麼，才選擇，與你共存。

直到自己也變成，別人最初的結果。
我也想成為誰最初的結果。

被愛是一場巨大的反射動作，但愛不是，愛能創生。
一多年後，因震災而失去孩子的父母，再度生下了孩子。

一直往光飛去的鳥，能忍受赤灼，能透徹黑暗，能知道如何去遠方，並非軌道，而是軌跡。人們遠走，擁有的是暖的信仰，而非依賴。

盼我們越來越近，直到辨別出彼此的不同。

仍能，一起回家。

「我們必須接受失望，因為它是有限的，但千萬不可失去希望，因為它是無限的。」——馬丁路德

結語

我們都曾為目標而熾熱，人生卻因二流而完整。

你擁有的不只有仇恨，當你穿過如霧般的慾望，盼你能驕傲的說出，你做對了什麼。

你不用再英勇的抵抗，重複犧牲。

你對於錯誤的恐懼，你執著，不過是你尚未放下的慾望，及那些所有未竟之事。

盼你不再執著遺忘，執著排寫能夠力挽的步驟。

而是為了能正視自己，做些什麼，以示負責。

為你的殘缺，和造成他人的那些殘缺。

自我負責。

你的單純，不該是自我格式化的期盼，而是對於複雜世界的歸零。

你的自我抵抗，是為了能與這世界共生。

二流人生

作者	文字慾
發行人	黃鎮隆
副總經理	陳君平
執行編輯	周于殷
美術總監	沙雲佩
封面設計	陳碧雲
公關宣傳	邱小祐、劉宜蓉
國際版權	黃令歡、李子琪

國家圖書館出版品預行編目（CIP）資料

二流人生 / 文字慾作. -- 初版. -- 臺北市：尖端,
2018.06
面； 公分
ISBN 978-957-10-8092-5(平裝)
851.486　　107003238

出版	城邦文化事業股份有限公司　尖端出版 台北市民生東路二段141號10樓 電話：(02)2500-7600　傳真：(02)2500-1971 讀者服務信箱：spp_books@mail2.spp.com.tw
發行	英屬蓋曼群島商家庭傳媒股份有限公司 城邦分公司　尖端出版行銷業務部 台北市民生東路二段141號10樓 電話：(02)2500-7600(代表號)　傳真：(02)2500-1979 劃撥專線：(03)312-4212 劃撥戶名：英屬蓋曼群島商家庭傳媒(股)公司城邦分公司 劃撥帳號：50003021 ※劃撥金額未滿500元，請加付掛號郵資50元
法律顧問	王子文律師　元禾法律事務所　台北市羅斯福路三段37號15樓
台灣地區總經銷	中彰投以北(含宜花東)　楨彥有限公司 電話：(02)8919-3369　傳真：(02)8914-5524 雲嘉以南　威信圖書有限公司 (嘉義公司)電話：0800-028-028　傳真：(05)233-3863 (高雄公司)電話：0800-028-028　傳真：(07)373-0087
馬新地區經銷	城邦(馬新)出版集團　Cite(M) Sdn.Bhd.(458372U) 電話：(603)9057-8822、9056-3833　傳真：(603)9057-6622
香港地區總經銷	城邦(香港)出版集團　Cite(H.K.)Publishing Group Limited 電話：852-2508-6231　傳真：852-2578-9337 E-mail：hkcite@biznetvigator.com
版次	2018年6月初版　Printed in Taiwan
ISBN	978-957-10-8092-5